을 유 세 계 문 학 전 집 · 140

두이노의 비가

두이노의 비가

DUINESER ELEGIEN

라이너 마리아 릴케 지음 · 안문영 옮김

을유문화사

옮긴이 안문영

서강대학교와 고려대학교 대학원에서 독문학을 전공하고, 독일 본대학교에서 「릴케의 후기시에 나타난 역설의 구조」에 관한 연구로 박사 학위를 받았다. 한독문학번역연구소장, 한국독어독문학회장, 한국괴테학회장, 한국훔볼트회장, 국제독어독문학연감(JIG) 편집위원을 역임했으며, 현재 충남대학교 명예교수로 있다. 『말테의 수기』, 『보룹스베데의 풍경화가들』, 『릴케의 편지』를 번역했고, 「독일 바이마르 고전주의자들의 대화에 나타난 전일주의사상」, 「구체시의 시론적 의미」, 「생선의 언어—현대시에 나타난 언어 회의」, 「실험과 탐험—한국 독문학자의 시각에서 본 독일 자연과학자(알렉산더 폰 훔볼트)」, 「한국 현대문학에 나타난 무속적 모티프」, 「판소리 적벽가의 중국 역사 수용 양상」 등 현대 독일문학과 한독 문화 교류에 관한 다수의 독문 논문을 썼다.

을유세계문학전집 140
두이노의 비가

발행일·2025년 2월 25일 초판 1쇄
지은이·라이너 마리아 릴케 | 옮긴이·안문영
펴낸이·정무영, 정상준 | 펴낸곳·(주)을유문화사
창립일·1945년 12월 1일 | 주소·서울시 마포구 서교동 469-48
전화·02-733-8153 | FAX·02-732-9154 | 홈페이지·www.eulyoo.co.kr
ISBN 978-89-324-0540-7 04850   978-89-324-0330-4(세트)

차례

일러두기

1. 인명, 지명 등의 외래어 표기는 국립국어원의 외래어 표기법을 따랐으나, 일부 관례로 굳어진 표기는 예외로 두었다.

2. 본문의 각주는 원주이고, 미주는 옮긴이 설명이다.

3. 원서의 이탤릭체는 고딕체로 표기했다.

4. 한 권의 책이나 잡지 등은 『 』, 한 편의 시나 단편소설, 산문은 「 」, 노래 및 그림은 〈 〉로 구분했다.

5. '『두이노의 비가』 단장'에 포함된 시들은 원문에 대개 제목이 없으므로 옮긴이가 편의상 시구 일부를 인용해 제목을 만들어 괄호 안에 넣었다.

두이노의 비가

제1비가

누구라고, 내 울부짖은들, 들어주겠는가, 천사들의
질서˙로부터? 이제 어느 한 천사
느닷없이 나를 안아준다 해도, 나는 사라지고 말리라,
더 강한 그의 현존재˙ 앞에서. 아름다움이란
우리 겨우 견디는 무서움의 시작일 뿐. 우리가 그토록
그 존재를 경탄하는 까닭은 그것이 우리를 파괴하는 짓을
거들떠보지도 않기 때문. 무섭지 않은 천사 있겠는가˙.
    하여 나는 스스로를 다스려 삼켜 버린다,
어두운 흐느낌, 그 유혹의 외침을. 아아, 도대체 누구를
우리가 부려 쓸˙ 수 있을까? 천사들도 안 되고, 인간들도 안 되니,
눈치 빠른 짐승들은 벌써 알아채고 있다,
우리가 그다지 마음 편치 못함을,
이 해석된 세계 안에서는. 어쩌면 우리에게 남은 것은
비탈의 나무 한 그루, 매일 다시 보게 될.
우리에게 남은 것은 어제의 거리,
그리고 어떤 습관의 그릇된 충직함,
우리 곁이 맘에 들어 떠나지 않고 남은 습관.
    오오, 그리고 밤, 밤이 있네. 그 바람 가득한 우주 공간이
우리의 얼굴을 파고들면 — , 누구에겐들 남지 않겠나, 그 고대
    하던 밤,

가볍게 실망시키며*, 홀로의 마음 앞에
수고롭게 다가서는 밤*은, 사랑하는 이들에게는 더 가벼울까?
아아, 그들은 서로의 운명을 덮어 가릴 뿐이니,
      너는 **아직도** 모르겠는가? 두 팔로 끌어안은 허공을 내던져라,
우리가 숨 쉬고 있는 공간들을 향해. 새들이
더욱 간절하게 날아 그 넓어진 대기를 느낄 것이다.

그렇다, 해마다 봄은 네가 필요했으리라.* 많은 별은
네가 알아주길 바랐을 테고, 지난 일들로부터
한 물결 일어나 밀려왔거나,
열린 창 앞을 지나올 때
들려온 바이올린 소리, 그 모든 것이 부탁이었건만,
그러나 너는 그 부탁 들어주었는가? 너는 언제나
마음 뺏겨 기대하지 않았던가, 그 모든 것이
애인 하나 알려 주길. (어디서 애인을 캐내려는가?*
크고 낯선 생각들이 네 마음속을
들고나며 밤에는 자주 머물기도 하는데.)
그리움이 사무치면 사랑을 하는 이들을 노래하라. 아직 충분치
   못하거늘
그들의 유명한 감정이 불멸의 것이 되기에는.
네가 부러워할 만한 저 버려진 여인들, 너는
그들이 충족된 여인들보다 더 사랑을 하는 이들이라 여기지 않
   았던가. 시작하라,

언제나 새롭게, 결코 도달하지 못할 찬미를.
생각하라, 영웅은 스스로 보존하거늘, 몰락조차 그에겐
오직 존재키 위한 구실, 그의 마지막 탄생이었음을.
그러나 탈진한 자연은 사랑하는 이들을
안으로 거두어들인다. 마치 두 번 다시
그 사랑 감당할 기운 없다는 듯이. 너는 가스파라 스탐파*를
충분히 생각해 보았는가? 어느 한 소녀가
애인에게 버림받고, 사랑하는* 이 여인의
승화된 본보기에, 저도 그 여인처럼 되리라 느끼지 않을까.
이 가장 오랜 아픔들이 우리에게는 마침내
더욱 보람되어야 하지 않겠는가? 때가 되지 않았는가, 사랑을
　　하며
애인을 벗어나 떨면서 그 고통 견뎌 낼?
마치 화살이 시위를 견뎌 내듯이, 힘을 모아 튀어 나갈 때
자신 **이상**의 존재가 되려고. 어디에도 머무름은 없기에.

목소리, 목소리들. 들어라, 내 심장이여. 지금까지는 오직
성자(聖者)들만 들었듯이. 엄청난 부름이 그들을
땅에서 들어 올렸지만*, 그들은 무릎 꿇은 채였으니,
불가사의한 그들은 아랑곳하지 않았다.
그래서 그들은 그토록 듣기만 했으나 너는 전혀
감당치 못하리라, 신의 목소리를. 그러나 불어오는 소리 들어라,
고요 속에 형성되는 끝없는 소식들을.

지금 너에게도 소리 들려온다, 저 젊은 망자(亡者)들로부터.
네가 로마와 나폴리의 교회 안에 들어설 때마다
그들의 운명이 조용히 너에게 말 걸어오지 않던가?
또는 묘비명 하나 장엄하게 너에게 스스로를 맡기지 않던가?
얼마 전 산타 마리아 포르모사'의 비문(碑文)'처럼.
그들이 내게 원하는 것은 무엇일까? 아마도 부당하다는
표정을 조용히 거두어야 하리라. 그들 영혼의
순수한 움직임에 조금은 방해가 되곤 하기에.

물론 이상한 일이다, 이 땅에 더는 살지 않기,
겨우 배운 관습을 써먹지 않기,
장미들에게, 그리고 나름의 약속이 있는 다른 사물들에게
인간적 미래의 의미를 부여하지 않기.
무한히 불안한 손길 안에 있던 그 존재가
이제는 아니며, 그리하여 자신의 이름조차
마치 부서진 장난감처럼 버리기,
이상하다, 소원을 더 이상 빌지 않다니, 이상하다.
서로 연관 있던 모든 것이 그토록 느슨하게 공간 안에
나부낌을 보다니. 그리고 죽음은 수고롭게
만회하기 바쁘다, 사람들이 차츰 조금이나마
영원을 느낄 수 있도록. — 그러나 살아 있는 자들은
모두 너무나 심하게 구별하는 잘못을 저지르는구나.
천사들은 (말들 하기를) 잘 모를 것이라 한다, 그들이

산 사람들 사이에, 아니면 망자들 사이에 있는지를. 영원한 흐름이
두 영역을 통과하여 모든 세대를
영원히 휩쓸어 가며 두 영역 안에서 그들보다 큰 소리를 낸다.

결국 그들은 더 이상 우리가 필요하지 않을 것이다', 요절한 사
    람들,
지상의 일은 순하게 떠나는 법이다, 마치 어머니의 품을
온순하게 벗어나듯이. 그러나 우리가, 그 위대한 비밀, 흔히
슬픔에서 복된 전진이 샘솟는 — 비밀이 필요한
우리가 그것 없이 **존재할 수 있겠는가?**
그 전설은 헛된가, 언젠가 리노스 왕˚에 대한 탄식 속에서
최초의 용기 있는 음악이 메말라 굳은 감정을 진동시켰다는.
신에 가까운 젊은이가 느닷없이 영원히 퇴장해 버린
놀란 공간에서야 비로소 그 공허는
진동으로 바뀌어, 지금도 우리를 매혹하고, 위로하고, 돕는다.

제2비가

모든 천사는 무섭다. 그렇기는 하나, 괴롭더라도
나는 너희를 찬미한다, 거의 치명적인 영혼의 새들,
너희인 줄 알면서. 토비아의 날들*은 어디로 갔는가?
가장 빛나는 천사들 가운데 한 천사 소박한 문 앞에 섰을 때,
나그네로 조금 꾸민 그 모습이 조금도 무섭지 않았지.
(젊은이가 젊은이를 대하듯 그는 호기심으로 내다보았으니.)
대천사, 그 위험한 자가 지금 저 별들 뒤에서
한 걸음만 딛고 내려 이쪽으로 온다면, 높이 뛰는
우리 자신의 심장이 우리를 죽이리라. 너희는 누구인가?

일찍 완성된 존재, 너희 창조의 귀염둥이,
산맥들, 여명(黎明)에 빛나는
온갖 창조의 산마루, ― 만개하는 신성의 꽃가루,
빛의 마디들, 복도들, 계단들이며, 왕좌들,
본질의 공간들이고, 기쁨의 휘장들, 폭풍 같은
황홀감의 소동, 그러다 문득 따로따로
거울들이다. 흘러넘친 스스로의 아름다움을
자신의 용모에 다시 퍼 담는 거울.

우리는 느끼면서 사라져 버리니, 아아, 우리는

스스로를 내쉬고는 그만이다. 장작불 탈 때마다
우리의 냄새는 점점 더 약해진다. 그러면 누군가 말하겠지,
그래, 너는 내 핏속으로 스며든다*. 이 방이, 봄이
너로 가득해진다고…… 하지만 쓸데없다, 그도 우리를 잡아 두
　지 못하니
그의 내면에서, 그의 주변에서 우리는 사라진다. 그리고 저 아
　름다운
자들을 누가 머물게 하겠는가?* 그들의 얼굴에서 끊임없이 표
　정이
일어나 사라져 버린다. 마치 새벽 풀잎에 맺힌 이슬처럼
우리에게서 우리 것이 일어난다, 뜨거운 요리에서
열기가 올라오듯이. 오, 미소여, 어디로 가는가? 오, 우러름이여,
새롭고, 따스한, 덧없이 스러지는 심장의 물결이여— ;
괴롭다. 그러나 **우리는 아직도 있다**. 우리가 녹아 들어간
저 우주 공간은 우리 맛이 나는가? 천사들은 정녕
자기들 것만, 저들에게서 흘러나온 것만 받아들이는가,
아니면 때때로, 실수인 듯, 조금은
우리의 본질도 거기 있을까? 우리도 그들의
표정 속에 섞였을까, 마치 임산부들의 얼굴에 스민
모호한 표정*만큼? 천사들은 그것을 알아채지 못한다,
자신으로 돌아가는 소용돌이 속에서. (그들이 어찌 알겠는가.)

연인들은, 그들이 할 줄만 안다면, 밤바람 속에서

기적처럼 이야기할 수도 있으리라. 모든 것이 우리에게는
감추려는 것 같다. 보라, 나무들은 **존재한다**. 우리가 살고 있는
집들은 여전히 존속하고. 오직 우리만
모든 것을 지나쳐 버린다. 마치 바람이 넘나들듯이.
그래서 모두가 우리에게 숨기기로 하는 것은,
수치심에서이기도 하고, 말할 수 없는 희망에서이기도 하겠지.

연인들이여, 서로에게 만족한 너희에게
나는 우리의 존재를 묻는다. 서로 얼싸안는 너희는 증거라도
　있는가?
보라, 내게 일어나는 일, 나의 두 손이 서로
알아본다거나, 닳고 닳은
내 얼굴을 거기 묻을라치면, 어느 정도
느낌을 받기도 하지만. 그런 일로 누가 감히 **존재한다 하는가**?
너희는 그러나 압도된 상대방이
이제 그만이라고 호소할 때까지
상대방의 황홀 속에서 점점 더 무거워진다 ― 애무의 손길 아래
　에서
포도의 계절처럼 더욱 풍성해지는 너희.
상대방의 손길이 우세한 까닭만으로 사라지기도 하는
너희에게 나는 묻는다, 우리가 누구냐고. 나는 안다,
너희가 그토록 행복하게 서로 어루만짐은 애무가 지속되기 때
　문이며,

16

다정한 너희가 덮고 있는 그 자리가
사라지지 않기 때문임을. 그 아래서 순수한
지속을 감지하기에. 그리하여 너희는 서로의 포옹이
영원함을 약속하겠지만. 그러나 너희는 처음 나누던
그 시선의 두려움과 창 앞의 그리움을 견뎌 내고
처음으로 함께 걸어 **단 한 번** 정원을 지나온 다음에도
연인들이여, **너희는 아직도 그대로인가?** 서로
몸을 일으켜 입을 맞추면 —: 음료수에 음료수로.
아, 그때 마시는 자는 그 행위를 비켜 가니* 얼마나 이상한가?

너희는 놀랍지 않은가? 고대 묘석의 부조(浮彫)에 새긴
인간적인 몸짓의 그 조심성*이? 사랑과 이별은
그토록 가볍게* 어깨 위에 놓여 있지 않던가, 마치 우리와는
다른 소재로 만들어지기라도 한 듯이? 기억하라, 그 손들은,
몸통 안에 힘이 들어 있을망정, 억압 없이 놓여 있다.
이 절제된 것들은 그렇게 알고 있었다, 그 정도가 우리의 것이
    라고.
이것이야말로* 우리의 것이다. 우리를 **그렇게 건드리기***. 더욱 세
    차게
신들은 우리를 끌어올리지만. 그것은 신들의 소관일 뿐.

우리도 찾아낼 수만 있다면, 순수하고, 절제된, 좁다란
인간적인 것, 물길과 돌밭* 사이

우리의 한 줄기 결실의 땅을. 우리의 심장은, 여전히
고대인들처럼, 우리 자신을 넘어 솟구치고 있는데, 우리는 그
　것을
더 이상 찾아볼 수 없다, 심장을 진정시키는 형상 안에서나,
더 위대하게 절제하는 신의 육체 안에서나.'

제3비가

한편으로 애인을 노래하면서, 다른 한편으로는, 괴롭구나
저 숨어 있는 죄 많은 피의 하신(河神)˙을 노래하려니.
그녀가 멀리서 알아보는 젊은 애인, 그 자신은
무엇을 알겠는가, 욕정의 주인에 대해서. 흔히 고독한 남자에
　게서,
처녀가 진정시키기도 전에, 아예 그녀를 무시하기도 하며,
아아, 그 무슨 알 수도 없는 것에서 뚝뚝 흘리며, 신의 머리˙를
들어 올려 밤을 끝없는 소동으로 몰아대는 자.
오오, 피의 넵투누스˙여, 오, 그의 무서운 삼지창이여.
오, 나팔고둥에서 부는 그의 가슴속 어두운 바람이여,
들어 보라, 밤은 움푹 패어 비어 간다. 별들이여,
너희로부터 온 것이 아닌가, 애인의 표정을 향한
사랑하는 자의 욕망은? 그녀의 순수한 얼굴에 대한
그 내밀한 통찰을 그는 순수한 별자리에서 얻지 않는가?

너도 아니고, 괴롭지만, 그의 어머니도
기대를 갖도록 그의 눈썹을 둥글게 당기지 않았다.
너 때문에, 그를 매만지는 처녀여, 너 때문에
그의 입술이 더 풍부한 표현을 그린 것은 아니다.
정말로 너는 생각하는가? 너의 가벼운 등장이

그를 뒤흔들어 놓았다고? 아침 바람처럼 싸돌아다니는 네가?

물론 네가 그의 마음 놀라게는 했지. 그러나 더 오랜 공포가

가벼운 접촉만으로 그의 내면으로 쏟아져 들어왔다.

그를 불러라…… 그래도 어두운 교제* 밖으로 완전히 불러내지

　못한다.

물론, 그가 **원해서** 뛰쳐나온다. 가벼운 마음으로

너의 은밀한 품에 익숙해지고, 스스로를 다잡아 시작한다.

그러나 그가 시작한 적이 있던가?

어머니, **당신**이 그를 작게 만들었어요, 당신이 그를 시작했지요.

당신에게 그는 새로워, 그 새로운

두 눈 위로 다정한 세계를 기울여 주며, 낯선 세계는 막아 주셨죠.

그 시절은, 아아, 어디로 가 버렸나요, 당신이

날씬한 모습만으로도 물결치는 혼돈을 막아 주시던?

많은 것을 그렇게 당신은 감춰 주셨어요. 밤의 의심스러운 방을

아무렇지 않은 것으로 만들었고, 피난처로 가득한 당신의 가슴

　에서

더 인간적인 공간을 그의 밤-공간에 섞어 넣으셨죠.

어둠 속으로가 아니라, 아니, 친근한 당신의 현존재 속으로

등불을 끌어들이자 그것은 다정한 벗인 듯 밝았지요.

어디선가 무슨 소리가 나도 당신은 미소 지으며 설명했어요,

벽장이 공손해지는 **때**를 당신은 오래전부터 아는 듯했으니……

그는 귀 기울여 듣다가 마음 놓았지요. 그렇게 많은 일을

당신의 돌봄은 해낼 수 있었어요. 옷장 뒤로

그의 운명은 외투를 입고 높이 물러나고, 가볍게 밀쳐진
커튼의 주름 속으로 그의 불안한 미래는 접혀 들었답니다.

그리고 그 자신은, 가벼운 마음 되어 누워서
졸린 눈까풀 아래 당신의 가벼운 모습
그 감미로움을 미리 맛본 선잠 속으로 풀어 넣으니
보호된 아이처럼 **보였어요** — 그러나 **안**으로는 그 누가 막았던가요,
그의 내면에서 혈통의 밀물이 일어나지 않도록?
아아, 잠든 아이의 내면에는 조심성이라고는 **없었어요**. 자면서,
그러나 꿈꾸면서, 그러나 열에 들떠서, 얼마나 **빠져**들었던가요?*
그는 새사람이라, 수줍은 마음으로, 얼마나 얽혀 들었는지 몰라요
내면의 사건은 덩굴처럼 자꾸 뻗어 가며
마구 얽혀 무늬를 이루고, 숨 막히는 성장이 되고, 짐승처럼
몰아대는 형상이 되었지요. 그는 몰두했어요. 사랑했지요.
그의 내면을, 내면의 야성을 사랑했어요.
그 내면의 원시림을. 그 원시림의 폐허 위에
그의 심장이 밝은 초록빛으로 섰어요. 사랑했지요. 그것을 떠나
자신의 뿌리를 넘어 강력한 근원으로 나아갔으니
거기 그의 작은 탄생도 이미 살아 낸 곳. 사랑하면서
그는 더 오랜 핏속, 그 골짜기 안으로 내려갔어요.
그곳에도 그 무서운 것이, 조상으로 배불러 누워 있었어요.
그 끔찍한 것들은 다 그를 알고 있었고, 눈짓을 보냈죠, 이해했
   다는 듯이.

그래요, 그 무시무시한 것이 미소를 지었어요.
당신이 그렇게 다정한 미소를 지은 일은 드물죠, 어머니. 어찌
그가 사랑하지 않을 수 있었을까요, 그에게 미소를 보냈는데.
　당신보다 먼저
그것을 그는 사랑했어요. 당신이 그 아이를 뱄을 때
그것은 이미 양수 속에 녹아 싹트는 그를 가볍게 띄웠으니까요.

보라, 우리의 사랑은 꽃들처럼 그렇게
한해살이가 아니다. 우리가 사랑할 때면
태곳적의 수액이 팔을 타고 오르니, 오오, 처녀여,
이것: 우리가 우리의 내면에서 사랑한 것은 한 처녀도 아니요,
어느 미래의 처녀도 아니고, 수없이 끓어오르는 그 어떤 것.
한 어린이가 아니라, 무너진 산처럼 우리의 밑바탕에
깔려 있는 조상. 한때 어머니였던 이들의 메마른 하상(河床) ─
　구름 낀,
또는 순수한 운명 아래 말없이 펼쳐진 모든 풍경 ─ :
이것이, 처녀여, 그대보다 먼저 왔다.

그리고 너 자신은, 알겠느냐마는 ─, 꾀어냈을 뿐이다,
사랑하는 남자의 내면에서 그 옛날을. 어떤 감정들이
세상 떠난 존재들로부터 헤집어 나왔느냐. 어떤
여인들이 그때 너를 미워했느냐. 어떤 음침한 사내들을
너는 젊은이의 핏속에서 흥분시켰느냐? 죽은

아이들도 네게 오려고 했다…… 오, 살며시, 살며시,
그의 앞에서 좋은 일을 하라, 믿을 만한 어떤 일상사를, —
그를 정원*으로 데려가라, 그에게 밤들의
더 큰 무게를 주어라……

        그를 자제시켜라…….

제4비가

오, 생명의 나무들이여, 오, 겨울은 언제인가?
우리는 하나 되지 못한다. 철새들과 달리
때를 모른다. 뒤처져서야 뒤늦게
급히 바람을 불러일으켜
무심한 물웅덩이 위로 떨어지고 만다.
피고 지는 것을 우리는 동시에 의식하고 있다.
그러나 어디선가 사자들은 거닐며,
동물의 왕으로 군림하는 동안 무기력을 모른다.

그러나 우리는 하나라고 생각할 때도, 온전히,
상대가 필요함을 느낀다. 적대 관계는
우리와 가장 가까운 것. 연인들은
줄곧 언저리*만 하나씩 밟지 않는가?
넓은 세계와 사냥과 고향을 약속하던 그것들이건만.
　　　한순간의 소묘를 위해서도
반대 바탕이 준비됨은, 수고스럽더라도,
그 그림 보이게 하려는 것*. 이렇게 우리는
너무나도 분명하다. 우리는 감정의
윤곽을 모른다. 밖에서 그것을 형태 짓는 것을 알 뿐.
　　　누군들 제 마음의 장막 앞에 앉아 불안한 적 없겠는가.

24

막이 올라갔다. 이별의 장면이었다.

이해하기는 쉬웠다. 낯익은 정원,

조용히 흔들리더니˙ 먼저 무용수가 등장했다.

저 남자는 아니야. 됐어! 동작이 아무리 능숙해도

변장을 한 것일 뿐, 그는 한 사람의 시민이 되어

부엌을 지나 거실로 들어간다.

　　나는 반만 채워진 이런 가면은 싫다.

차라리 인형이 낫다. 인형은 가득하기에. 나는

참아 주리라, 그 몸통과 철사 줄˙, 그리고

외관뿐인 인형의 얼굴쯤은. 여기. 나는 그 앞에 있겠다.

조명이 꺼지고, 다 끝났다고 누가 말해도 ─, 또한 무대에서

잿빛 공기와 함께 공허가 밀려와도,

그리고 말 없는 조상 어느 한 사람

내 곁에 앉지 않았어도, 어떤 여인도, 더구나

이제 더는 갈색 사팔눈 소년˙마저 없어도

그래도 나는 머물겠다. 바라봄˙이란 언제나 존재하기에.

내가 옳지 않은가요? 아버지, 저 때문에,

제 인생 맛보시느라, 그토록 쓰디쓰게 인생을 맛보신 아버지,

제가 자라날 적에, 제가 꼭 겪어야 할 일이 내는

흐릿한 첫 국물을 자꾸 맛보시면서

그처럼 낯선 미래의 뒷맛에

열중하시며, 저의 흐릿한 우러름을 시험하시더니, ─

아버지, 당신은 돌아가신 뒤에도 자주
저의 희망 속에서, 저의 내면에서 염려하셨지요.
그리하여 무관심을, 망자(亡者)들이 지닌 풍부한
무관심을 보잘것없는 저의 운명을 위해 버리십니다.
제 말이 옳지 않은가요? 그리고 너희, 내 말이 옳지 않은가?
너희를 향한 사랑의 작은 시작을 위해
나를 사랑했던 너희여, 내가 거기서 점점 멀어진 것은
너희의 얼굴 속에 들어 있던 공간이
내가 사랑한 까닭으로 우주 공간으로 넘어갔고,
거기에 너희는 없었기 때문인데…… 인형극 무대 앞에서
기다리고픈 마음이 되면…… 아니,
온 힘을 다해 응시하고 싶다. 그래서 나의 응시를
마침내 맞들기 위해, 그곳에 연희자로
어느 천사든 가서 인형의 몸통을 들어 올려야 하리라.
천사와 인형. 그래야 마침내 보기놀이˙가 되고,
우리가 거기 있음으로 하여 항상 갈라놓는
모든 것이 합쳐지리라. 그런 다음 비로소
우리의 계절들은 완전한 운행의 원을 이루리라. 그러면
우리 너머로 천사들이 연기(演技)하고. 보라, 죽어 가는 자들,
그들이 짐작 못 했을까, 우리가 현세에서 이루는
모든 것이 얼마나 구실로 가득 차 있는지를. 모든 것이
그 자체가 아니다. 오오, 어린 시절의 시간들이여,
형상들 뒤에는 지나간 것 이상이 있었고,

우리 앞에는 미래도 없었던 시간들.
물론 우리는 성장했고, 때로는 조바심치기도 했거니,
빨리 어른이 되려고. 절반은 성인이라는 것밖에는
가진 것이 없는 사람이 되고 싶어서.
그래도 우리는, 외톨이가 된 순간에도
지속하는 것에 만족했고, 거기
세계와 장난감 사이의 공간에 서 있었다.
그 자리는 태초부터
하나의 순수한 과정을 위해 마련된 것.

누가 한 어린이를 있는 그대로 보여 주는가? 누가
그를 별자리 가운데 세우고 거리두기의 자를
손에 쥐어 주는가? 누가 어린이의 죽음을
굳어 버릴 잿빛 빵으로 빚는가? ─아니면
그것을, 마치 예쁜 사과 속처럼
둥근 입속에 버려두는가?* …… 살인자들을
알아보기는 쉽다. 그러나 이것, 죽음을,
그 온전한 죽음을, 그것도 삶에 **앞서**
그토록 부드럽게 품고도 화를 내지 않기란
형언키 어려운 것이다.

제5비가

헤르타 쾨니히 부인*에게 바침

그런데 그들은 **누구인가**? 말해 보라, 그 나그네들, 조금 더
우리보다 덧없는 그들을 일찍부터 재촉하여
쥐어짜는 어떤 의지가 **누구를**, 누구를 위해
결코 만족할 줄 모르고, 그들을 쥐어짜고
구부리고, 휘감고 흔들어 대면서
던지고 되받는가. 그들은 기름칠한 듯이
매끄러운 허공에서 내려오고,
다 닳아 버린, 끝없는 도약으로
더 얇아진 양탄자, 이 버림받은
우주의 양탄자 위에서.
마치 반창고처럼 놓인 것이, 교외의
하늘이 그들의 땅을 아프게라도 한 듯.

                    그리고 그곳에서
똑바로, 거기 보이자마자, 그 '나와 섬'의
첫 대문자*가 보이자마자……, 또 벌써 가장 힘센
남자들, 그들까지 장난삼아 다시 굴리려고, 언제나
찾아오고 있는 손길. 마치 아우구스트 대왕이 식탁에서
주석 접시를 굴리듯이.*

28

아아, 이 중심을 둘러싸고
바라봄의 장미꽃*
피고 진다. 이 발 구르는
사내를 둘러싸니, 그는 암술, 스스로
피어나는 먼지*에 수태되어, 다시
내키지 않는 거짓 열매를 맺고도
전혀 의식하지 않고, — 화사하게 얄팍한
거짓 웃음으로 가볍게 불만을 가리는구나.

거기 시들고 주름진 장사(壯士)는
늙어 겨우 북이나 두드릴 뿐인데
억센 살갗 안에서 쭈그러들었구나,
그 살갗 마치 예전에는 두 사내를 품었는데, 한 명은
이미 무덤에 누워 있고, 그 노인만 살아남은 듯.
귀도 먹고, 때때로
실성기도 있네, 짝 잃은 살갗 속에서.

그러나 저 젊은이, 그 사내는 마치 목살과
여승의 아들인 듯, 팽팽하고 옹골찬
근육과 단순함이 꽉 찼구나.

오, 너희를,
어느 고통이 아직 작을 때

장난감으로 얻은 적 있지,˙
그 오랜 회복기의 언제인가······.

너는, 오직 열매들만 알고 있는
툭 떨어지는 소리 내며, 익기도 전에
매일 수백 번 떨어진다, 함께 쌓아 올린
움직임의 나무˙(흐르는 물보다 빠르게 몇 분 안에
봄, 여름, 가을이 있는 나무) —
그 나무에서 떨어져 무덤에 부딪친다.
때때로 숨 돌리는 순간 잠시 너의 사랑스러운 표정이
어머니를 향해 일어나려고 한다.
허나 다정한 적 없는 어머니이기에
수줍게 겨우 지어 본 그 얼굴˙을
너의 육신은 지워 버린다. 표 나지 않게····· 그리고 다시
뛰어오르라고 손뼉 치는 저 사내.
늘 고동치는 심장 가까이에서
어떤 아픔이 분명해지기도 전에
발바닥 타는 아픔이 그 원천보다 먼저 와˙
너는 재빨리 육신의 눈물을 감추는구나.
그렇기는 하지만, 맹목적인
그 미소······.

천사여! 오, 잡아라, 꺾어라, 작은 꽃 달린 그 약초˙를.

꽃병을 마련하여 간직하여라. 그것을 우리에게 **아직은**
열리지 않은 기쁨들 사이에 놓아라. 예쁜 항아리에 넣고
꽃처럼 멋들어진 글씨 새겨 찬미하여라, "곡예사의 미소"라고.

그다음은 너, 귀여운 소녀여.
아주 매혹적인 기쁨들이 말없이
뛰어넘은 너. 어쩌면 네 옷의 술 장식이
너 때문에 행복할지도 모르지 ─ ,
또는 젊고 팽팽한 네 젖가슴 위에서
금속처럼 반짝이는 초록색 비단이
한없는 호강을 누리며 부족한 줄 모를까.
너는,
평형 찾아 흔들리는 모든 천칭 접시 위에
그때그때 다르게 올려놓은 무관심의 시장 과일,
어깨들 사이로 공공연히 드러낸.

어디, 오, 그 장소는 **어디**인가?' ─ 나는 마음속에 지녔건만 ─ ,
그들이 아직 **능숙치 못하여**, 서로에게서
미끄러져 떨어지던 곳, 마치 교미를 하면서도
제대로 짝짓지 못하는 짐승들처럼. ─
무게가 아직은 무거운 곳,
빙빙 헛도는 그들의
막대 위에서 접시들이

떨어질 듯 아슬아슬 흔들리는 곳…….

그리고 느닷없이 이 힘겨운 무소(無所)*로부터, 갑자기
순전한 모자람이 불가사의하게 변용하여 ―,
저 텅 빈 지나침으로 건너뛰는
말할 수 없는 자리.
많은 자릿수 계산이
숫자 없이도 들어맞는 곳.

광장들, 오, 파리의 광장이여, 끝없는 쇼의 광장.
의상 디자이너 마담 라모르*가 사는 곳,
쉴 틈 없는 지상의 길, 끝없는 리본들을
감고, 말아 가며 새로운
매듭을 고안해 내지만, 주름 장식, 조화, 모표, 인조 열매들 ―,
　모두
거짓 물감을 들여, ― 싸구려
운명의 겨울 모자나 만들 뿐.
....

천사들이여! 우리가 모르는 어느 광장 있겠지. 그곳에서는
말할 수 없는 양탄자* 위에서 사랑하는 사람들이
결코 여기서는 이루지 못할, 대담한 그들의
심장 약동의 드높은 형상들을 보여 주리라.

그들의 욕망의 탑,

바닥이 있어 본 적 없는 곳에서 일찍이

서로에게만 의지하는 사다리를 만들어 낼 수 있으리라.

둘러 선 관객들, 수많은, 소리 없는 망자들 앞에서.

　　그러면 이들은 늘 아껴 두었던,

늘 감추었기에 우리가 모르는 마지막 동전, 영원히

통용되는 행복의 동전을 던져 주지 않을까? 마침내

진정으로 미소 짓는 한 쌍이 있는

양탄자 위로?

제6비가

무화과나무여, 벌써 언제부터 내가 뜻깊게 여겼던가,
네가 꽃피기를 거의 완전히 건너뛰고*
때맞춰 결심한 열매* 안으로
자랑하지 않고 너의 순수한 비밀 밀어 넣으니
분수의 수관처럼 굽은 너의 가지는
아래로 위로 수액을 나르니, 그 수액은 잠으로부터
미처 깨어나지도 않은 채, 가장 달콤한 성취 속으로 뛰어든다.
보라, 백조 속으로 뛰어드는 신(神)* 같지 않은가…… 우리는 그
　　러나 머뭇거린다.
아하, 우리에겐 피어남이 자랑거리라, 우리의 유한한 열매
그 뒤늦은 내면으로 들어가면서 탄로 나고 말지.
몇몇 사람에게나 그토록 강렬한 행동의 욕구가 밀치고 올라
느긋해진 밤바람처럼 피어남의 유혹이
그들의 젊은 입과 눈까풀을 건드리기만 해도
그들은 벌써 충만한 마음이 되어 타오를 것이다.
아마도 영웅들이나, 아니면 일찍 저세상으로 보내진 이들,
죽음이 원예사의 손으로 그 혈관을 달리 구부려 놓는
이들은 돌진해 간다. 스스로의 미소보다
그들은 앞서 있다. 마치 카르나크* 신전의 은은한
음각화에서 마차 끄는 준마가 개선하는 왕보다 앞서 있듯이*.

34

놀라우리만치 그래도 영웅은 어려서 죽은 자들과 가깝다. 지속이
그를 괴롭히지는 않는다. 그의 상승은 현존재, 끊임없이
스스로를 데리고 떠나 변함없는 위험의 달라진
별자리 안으로 걸어 들어가니, 그곳에서 그를 발견할 사람 별로
　없겠지만
응큼하게 우리를 말하지 않는 운명은 갑자기 열광하여
소리 점점 커지는 운명 세계의 폭풍 속으로 그를 노래로 불러들
　인다.
그이와 같은 사람 소리를 나는 들어 본 적이 없다. 갑자기 나를
　꿰뚫고
물결치는 바람과 함께 그의 어두워진 음성이 지나간다.

그러면, 나는 그리움을 피하여 숨고 싶다: 오, 내가,
내가 소년이라면, 그리고 지금도 소년이 될 수만 있다면, 그리
　하여
미래의 두 팔을 괴고 앉아 삼손의 이야기를 읽고 싶다,
아무것도 잉태하지 못하던 그의 어머니가 나중에 모든 것을 잉
　태한 이야기를.

그는 당신의 몸 안에서도 벌써 영웅이 아니었던가요? 오, 어머
　니여, 이미
그곳에서, 당신 안에서, 그의 지배자다운 선택이 시작되지 않았
　던가요?

수천 개가 자궁 속에서 끓어오르면서 그이가 되려고 했어요.

그러나 보세요, 붙잡거나 내버리는 것은 그였으니 ㅡ, 그가 선
　택했고 능력이 있었죠.

그리고 그가 기둥들을 밀어 부숴 버렸을 때도 그랬지만, 그는

당신의 몸의 세계로부터 더 좁은 세상으로 빠져나와, 이곳에서
　도 여전히

선택했고, 능력이 있었어요. 오, 영웅들의 어머니들이여, 오 물
　살 빠른 흐름의

원천이여! 당신들 골짜기들이여, 그 속으로

높이 마음의 벼랑 끝으로부터, 탄식하며,

소녀들 이미 몸을 던졌으니, 장래 아들의 희생이죠.

왜냐하면 영웅은 사랑의 머무름을 뚫고 폭풍처럼 지나갔고,

저마다, 그를 생각하는 심장 두근거리며, 그를 높이 들어 올렸
　으나,

이미 몸을 돌려 웃음의 끝머리에 선 그는 ㅡ 다른 모습이었으니.

제7비가

이제는 구애가 아니어야 한다, 구애가 아니다, 터져 나온 음성,
너의 울부짖음*의 본질은. 물론 네가 새처럼 순수하게 운다면야,
상승하는 계절*이 새를 들어 올릴 때면*, 거의 잊을지라도,
새가 한 마리 근심하는 짐승에 지나지 않으며, 해맑음 속,
내면의 하늘 속으로 던지는 것이 하나의 마음만이 아님을. 새처
럼 그렇게
너도 구애한다면야, 덜하지 않게 ―, 그렇다면, 또한 눈에 보이
지 않게,
너를 여자 친구가 느끼게 되리라, 말 없는 그녀의 내면에서 하
나의 응답이
천천히 눈을 떠 귀 기울임에 달아오르리니, ―
너의 대담한 느낌에 대하여 달아오른 느낌의 짝.

오오, 그리고 봄은 깨닫겠지 ―, 어느 자리 하나
예고의 음조를 지니지 않을 곳은 없다. 먼저 저 작은
질문의 첫소리, 그것을, 상승하는 고요와 더불어,
순수한 긍정의 하루가 폭넓게 침묵으로 감싼다*.
그러고는 계단들까지, 외침의 계단들까지, 꿈에 그린
미래의 사원을 향해 ―, 그다음엔 종달새를, 분수를,
약속된 놀이* 안에서 솟구치는 물줄기에

벌써 떨어짐을 앞세우는 분수…… 그리고 제 앞에, 여름을.

여름의 그 모든 아침뿐만 아니라 ―, 아침이
낮으로 변하면서 시작의 빛을 내뿜는 모습뿐만 아니라,
꽃들의 둘레는 부드럽게, 그리고 저 위 모양 갖춘 나무들은
힘차고 거대하게 비추는 대낮뿐만 아니라,
이처럼 활짝 피어난 힘들의 경건함뿐만 아니라,
길들뿐만 아니라, 저녁 시간의 초원뿐만 아니라,
늦은 뇌우가 지나간 뒤에 숨 쉬는 청명함뿐만 아니라,
다가오는 잠과 어떤 예감뿐만 아니라, 저녁이면……
그 밤들을! 여름날의 그 높은
밤들을, 별들을, 대지의 별들을.
오오 언젠가는 죽기, 그리고 그것들을 영원히 알기,
그 모든 별을: 어찌, 어찌, 어찌 그것들을 잊겠는가!*

보라, 그때에 나는 연인을 불렀다. 그러나 **그녀만**
오는 것은 아니리라…… 연약한 무덤들* 밖으로
소녀들도 나와서 서리라…… 참으로 어찌 내가 막겠는가,
어찌, 이미 내지른 외침을? 꺼져 들어간 이들은 아직도
대지를 찾고 있다. ―너희, 어린이들이여, 현세에서
한 번 감동된 한 가지 사물은 많은 것에도 통용되리라.
운명이란 어린 시절의 밀도(密度) 이상이라고는 믿지 말라.
너희는 얼마나 자주 사랑받는 이들을 앞질렀던가, 숨 쉬면서,

복된 달음박질을 향하여, 무(無)를 향하여, 탁 트임 속으로 숨 쉬
   면서.

현세에 존재함은 훌륭하다. **너희는**, 소녀들이여, 알고 있었다.
겉보기엔 여기에 없이 함몰해 버린 너희도 ―, 너희
도시의 못된 골목길에서 썩어 가거나 쓰레기에
내맡겨진 자. 누구에게나 한 시간은 있었기에, 아마 채
한 시간이 못 되더라도, 시간의 척도로는 거의
잴 수 없는 두 순간 사이 ―, 왜냐하면 그 시간은 하나의 현존재를
소유했었기 때문. 모든 것을. 혈관 가득히 현존재를.
오직, 우리는 그토록 쉽게 잊는다, 웃어 대는 이웃이
우리에게 확인해 주거나 부러워하지 않는 것을. 눈에 보이도록
우리는 그것을 들어 올리려고 한다, 가장 분명한 행복은 우리가
그것을 내면으로 변용시킬 때 비로소 알아보게 되는 것이런만.

어느 곳에도, 애인이여, 세계는 없다, 내면에 말고는. 우리의
인생은 변용과 함께 지나간다. 그리고 점점 더 작게
바깥은 사라진다. 한때 지속적인 집이 있던 곳에
가공의 형체가 판을 친다, 온통, 생각할 수 있는 것에*
완전히 예속되어, 마치 그것이 아직도 전부 뇌 속에 있기라도
   하듯이.
드넓은 힘의 저장소를 시대정신이 만들기는 하지만, 형상이 아
   니기로는

그가 모든 것에서 획득하는, 긴장시키는 충동과 마찬가지다.
사원을 그는 더 이상 알지 못한다. 이러한 마음의 호사를
우리는 더욱 은밀하게 아끼려 한다. 그렇다, 아직 하나 견뎌내
　는 곳에서
한때 숭배되던 어느 사물, 모셔지던 것, 무릎 꿇게 하던 것 —,
그것이, 지금 있는 그대로, 벌써 보이지 않는 것 속으로 내밀고
　있다.
많은 사람이 이제는 그것을 알아보지 못하니, 유리함도 없다,
이제는 그것을 **내면으로**, 기둥과 조상(彫像)으로, 더 위대하게
　세울 수도 있는!

세계의 무감각한 반전*마다 그러한 폐적자(廢嫡者)들*이 있으니,
그들에게는 예전 것도 그리고 바로 다음 것도 속하지 않는다.
왜냐하면 가장 가까운 것도 인간에게는 먼 것이기에, **우리를***
이것이 혼란시켜서는 안 된다. 우리의 내면에서는
아직 알아본 형상의 보존이 강해지리라.
운명의 한복판에 그것은 **서 있었다**, 소멸시키는 것 속에,
'어디로'를 모르는 한가운데에 그것은 서 있었다, 존재하듯이,
　그리고
확보된 하늘로부터 별들을 자기에게로 휘어지게 했다. 천사여,
너에게 나는 아직도 그것을 가리키노라, **여기!** 네가 보는 가운데
마침내 그것이 구원을 받아 서리라, 이제 드디어 똑바로.
기둥들, 탑문들, 스핑크스, 사라져 가는 또는

낯선 도시 밖으로 버티는 대성당의 잿빛 지주(支柱)들.

그것은 기적이 아니었던가? 오오, 놀랍지 않은가, 천사여, 그것
    은 **우리다.**
우리가, 오 너 위대한 존재여, 말하라, 우리가 그런 것을 할 수 있
    었다고. 나의 호흡은
찬미를 하기에 가쁘다. 그리하여 우리는 어떻든
공간들을 허비하지 않았다. 이들 보증하는 공간'
우리의 공간들을. (그것은 얼마나 엄청나게 큰 것일까,
우리의 수천 년 느낌으로도 다 채워지지 않았으니.)
그러나 하나의 탑은 위대했다, 그렇지 않은가? 오 천사여, 탑은
    그러했다, ─
위대하지, 아직도 여전히 네 옆에서? 샤르트르 대성당'은 위대
    했다 ─, 그리고 음악은
아직도 더 멀리 다가와 우리를 뛰어넘었다. 그러나
사랑할 뿐인 한 여인까지도 ─, 오오, 혼자서 밤의 창가에…….
그녀도 그대의 무릎까지는 다다르지 않았던가 ─?

내가 구애한다고 여기지 말라.

천사여, 그리고 내가 설령 너에게 구애한들! 너는 오지 않는다.
나의 부름은 언제나 완전히 '저리 가라'이기에 그렇게 강한
물살을 거슬러 너는 걸어올 수 없다. 마치 내뻗은
팔과 같다, 나의 외침은. 그리하여 잡으려고
위쪽에 열린 손은 네 앞에

열려 있다, 마치 방어와 경고처럼,
잡을 수 없는 자여, 크게 활짝.

제8비가

루돌프 카스너*에게 바침

모든 눈으로 피조물*은
열려 있는 것을 본다. 오직 우리의 눈만
거꾸로 된 듯 피조물의 둘레를,
덫이 되어 그 자유로운 출구를 꽁꽁 둘러막고 있다.
바깥에 있는 것, 그것을 우리는 오직 짐승의
표정에서 알고 있다. 왜냐하면 아이를 어린 나이에 벌써
우리가 돌려놓고 강요하기 때문이다, 뒤쪽으로
형상들만 보고. 열린 것은 못 보게,
짐승의 얼굴에는 그토록 깊이 있건만, 죽음으로부터 자유롭게.
죽음을 보는 것은 우리뿐이다. 자유로운 짐승은
그의 몰락을 끊임없이 뒤로하고
앞에는 신(神)을 두고 있다. 그리고 떠날 때는 그렇게
영원 속으로 간다, 마치 샘물이 흘러가듯.
　　우리는 결코, 단 하루라도,
우리 앞에 순수한 공간을 갖지 못한다, 그 안으로 꽃들이
영원히 피어나 들어가는. 언제나 있는 것은 세계일 뿐
'아니'를 모르는 '없는 곳'*은 한 번도 없으니. 그 순수한 것,
감시되지 않는 것, 우리가 숨 쉬면서

무한히 **알며**, 욕망하지 않는 것. 어릴 적 어떤 아이는
고요 속에서 이것에 홀리기도 하지만
어른들이 흔들어 깨운다. 아니면 죽어서 **그것이 된다.**
죽음 가까이에서는 더 이상 죽음이 보이지 않기에
바깥을 응시하는 것이다, 어쩌면 커다란 짐승의 눈으로.
사랑하는 이들도, 시야를 왜곡시키는 상대방만
없다면, 거기에 가까워져서 놀라련만……
마치 실수처럼 그들에게는 서로
상대방 뒤쪽이 열려 있는데…… 그러나 상대방 위로는
아무도 더 오지 않고', 그에게는 다시 세상이 되어 버린다.
언제나 피조물을 향하고 있기에 우리가 보는 것은
오직 그 위에 어리는 바깥세상의 되비침일 뿐이다.
그것도 우리 때문에 어두워진 것을. 아니면 한 마리 짐승이
말없이 올려다보고 있겠지, 조용히 우리를 꿰뚫고……
이것을 운명이라고 한다, 마주 서 있기,
다름 아닌 이것, 언제나 맞은편에서.

우리 것과 같은 의식이 만일
다른 방향에서 우리를 마주 향해 오는
안전한 짐승 속에 들어 있다면 ―, 그의 걸음걸이로
우리의 방향도 돌려놓으련만. 그러나 그의 존재가 그에게는
무한하고, 모양 갖춘 것도 아니며, 그의 상태를 향한
시선도 없이, 순수하다, 마치 그의 전망처럼.

그리고 우리가 미래를 보는 그곳에서 짐승은 모든 것을,
그 모든 것 속에서 자신을 보며 영원히 구원받았다.

그러나 방심하지 않는 따스한 짐승˚ 속에도
크나큰 우수의 무게와 근심이 들어 있다.
자주 우리를 압도하는 것, ─회상이
그에게도 언제나 달라붙기 때문이다,
마치 우리가 다투어 얻으려는 그것이
이미 언젠가 한때는 더 가까이에, 더 충실하게 있었고
그 연결도 한없이 달콤했다는 듯이. 여기서는 모두가 거리를 두
　지만
그곳에서는 모두 한 숨결이었다. 첫 번째 고향 다음으로
두 번째 고향˚은 그에게 확실치 않고 바람˚도 세다.
　　오오, 작은 피조물의 지복(至福)이여,
저를 품었던 자궁 속에 언제까지나 머물러 있으니.
오오 하루살이의 행복이여, 여전히 속에서 뛰어노는구나,
짝짓기 할 때조차, 자궁이 전부이기에.
그런데 보라, 새의 불완전한 안전을.
새는 자신의 근원으로부터 안팎을 거의 알고 있다.
마치 에트루리아˚ 사람의 영혼이기라도 하듯이.
하나의 공간이 맞아들인 시체로부터 나왔으면서도
뚜껑처럼 정지하고 있는 형상˚.
그러나 한 마리 새는 날아야 하니 얼마나 당혹스러울까,

하나의 자궁에서 나왔는데. 마치 저 자신에게
놀란 듯, 새는 허공을 번개처럼 지나간다, 마치
찻잔에 금이 가듯이. 그렇게
박쥐의 자취가 저녁의 도자기를 가르고 날아간다.

그런데 우리는 관객, 언제나, 어디에서나,
온갖 것을 향해 있고 결코 벗어나지 못하다니!
모든 것이 우리에게는 너무 많다. 우리가 정돈해도 그것은 무너
   진다.
우리는 그것들을 다시 정돈하면서 스스로 무너진다.

누가 도대체 우리를 돌려놓았기에
우리가 무슨 짓을 하든,
떠나가는 자의 자세를 갖게 되었는가? 그가,
골짜기 전체를 다시 한 번 보여 주는 언덕 위에서
몸을 돌려 멈추고 머뭇거리듯이 ―,
우리는 그렇게 살면서 언제나 작별한다'.

제9비가

어찌하여 현존재의 기한을
월계수처럼˚ 보내는 것이 중요한가, 다른 모든
초록빛보다 조금 더 어둡게, 작은 물결을
잎 가장자리마다 지니고 (바람의 미소같이) —: 그렇다면 어찌하여
인간적이어야 하는가 — 그리고 운명을 피하면서도,
운명을 동경해야 하는가……?

　　　　　　　　　　　　오오, 아니다, 행운이 있기 때문은,
이것은 다가올 손실에 앞서 챙기는 이득일 뿐.
호기심에서도 아니고, 심장을 단련하기 위해서도 아니다,
심장이 월계수 안에도 있을지 몰라…….

그러나 여기 있음이 대단한 것이기에, 그리고 우리를
여기의 모든 것이 필요로 하는 듯이 보이기에, 이 사라져 가는 것들,
묘하게도 우리와 관계가 있는, 우리, 가장 쉽게 사라지는 존재
　　와, 한 번,
저마다, 오직 한 번, 한 번, 그러고는 그만, 그리고 우리도 또한
한 번뿐. 되풀이는 결코 없다. 그러나 이렇게
한 번 있었다는 것, 단 한 번이라도,
이 세상에 있었다는 것은 돌이킬 수 없을 것 같다.

그래서 우리는 스스로 재촉하여 그것을 성취하려고 한다,
그것을 품으려고 한다, 우리의 맨손 안에,
넘치는 시선 속에, 그리고 말 없는 심장 속에.
그것이 되려고 한다. — 누구에게 줄 것인가? 가장 좋기로는
모든 것을 영원히 간직하는 것…… 아하, 다른 관계* 안으로,
가지고 건너가는 것은 무엇인가? 괴롭지만 그것은 여기서 느리
　게 배운
바라봄도 아니요, 여기서 생긴 일도 아니다, 아무것도.
그러니 고통들을, 그러니 무엇보다도 무거움을,
그러니 사랑의 오랜 경험을, — 그러니
오직 말할 수 없는 것만을 가져갈까, 그러나 나중에,
별들 사이에서는, 무슨 소용인가. 말할 수 없기로는 **별들**이 더
　나은걸.
나그네도 산자락 비탈에서 골짜기로 가져오는 것은
모두에게 말할 수 없는 한 줌의 흙이 아니라,
얻어 낸 말 한마디, 순수한 낱말, 노랗고 파란
용담꽃이니. 우리는 말하기 위해 **여기에** 있는 게 아닐까, 집을,
다리를, 샘물을, 대문을, 항아리를, 과일나무를, 창문을, —
기껏해야 기둥들과 탑을…… 그러나 그 **말하기는,** 이해하라,
오오, 사물들 스스로가 결코 존재한다고
간절히 생각지 못한 것처럼 말하기다. 사랑하는 이들을 재촉하여
그들의 감정 속에서 모든 것이 황홀해지게 함은
이 과묵한 대지의 은밀한 계략이 아니겠는가?

문턱, 그까짓 게 무엇인가, 두
연인에게는, 자기들의 낡은 문턱을
조금 닳도록 쓴다고 한들, 그들도, 수많은 예전 사람 다음으로
그리고 미래의 사람들에 앞서서……, 가볍게.

여기가 **말할 수 있는 것**의 시간이요, **여기가** 그 고향이다.
말하라, 그리고 고백하라. 그 어느 때보다도 더
사물들, 그 체험할 수 있는 것들이 사라져 간다, 왜냐하면,
그것들을 몰아내고 대신 자리 차지한 것은 형상 없는 행동이기에.
그것은 속으로 행동이 커져서 경계를 달리하자마자
기꺼이 깨지고 마는 껍질 속의 행동.
망치질* 사이에 존속한다,
우리의 심장은, 마치 혀가
이빨들 사이에서 버티듯이,
그래도 여전히 찬양하는 혀로서.

천사에게 이 세상을 찬미하라, 말할 수 없는 것은 말고, **그에게는**
네가 굉장하게 느낀 것도 자랑할 수 없다. 우주 공간 안에서
그는 더욱 절절하게 느끼노니, 너는 풋내기일 뿐이다. 그러므로
그에게 단순한 것을 보여라, 세세손손 형성되어
우리의 것으로 살아 있는 그것, 손 가까이 그리고 시선 속에.
그에게 사물들을 노래하라. 그는 더욱 놀랄 것이다. 마치
네가 로마의 밧줄 꼬는 사람이나 나일강 유역의 도자기공을

보고 놀랐듯이*.

천사에게 보여라, 하나의 사물이 얼마나 행복할 수 있는지를,
　죄 없이 우리의 것으로,
탄식하는 고통조차 순수하게 형상을 갖추려고 결심하고,
한 개의 사물로서 봉사하거나, 한 개의 사물 안으로 죽는다고
　—, 그리고 저 너머로
행복하게 바이올린을 벗어난다는 것을*. — 그리고 이것들, 사
　라짐으로써
살아가는 사물들은 이해한다, 네가 그것들을 찬양하고 있음을.
　덧없이
그것들은 우리, 가장 덧없는 존재에게 구원을 의탁한다.
그것들은 원한다, 우리가 그것들을 보이지 않는 마음속에서
　온전히
— 오 무한히 — 우리 자신으로 변용시키기를! 우리가 결국 누
　구이든지.

대지여, 이것이 네가 원하는 바가 아닌가, **눈에 보이지 않게**
우리의 내면에서 되살아나기가? — 너의 꿈이 아닌가,
언젠가 한 번 눈에 보이지 않기가? — 대지여! 눈에 보이지 않게!
무엇이, 변용이 아니라면, 너의 절박한 위탁인가?
대지여, 사랑하는 너, 나는 원한다, 오오 믿어다오, 더는 너의
봄이 필요치 않으리라, 네가 나를 얻기 위해서라면 —, **한번의봄,**
아하, 단 한 번의 봄도 이미 피에는 겨운 것.

이름도 없이 나는 너에게로 결심했다. 멀리서부터.
너는 언제나 옳았다, 그리고 너의 신성한 착상은
친밀한 죽음이다.

보라, 나는 살고 있다. 무엇으로? 어린 시절도 미래도
줄어드는 것은 없다……. 무수한 현존재*가
내 마음속에서 솟아오른다.

제10비가

내 언젠가는, 무서운 통찰을 벗어나면서,
호응하는 천사들에게 환호와 찬양의 노래 불러 올리리라.
맑게 두드린 심장의 건반들˚ 가운데
그 어느 하나라도 약하거나 의심하거나
끊어지는 현(絃)˚을 빗맞히지 않기를. 나의 흘러넘치는 표정이
나를 더욱 빛나게 만들기를; 보이지 않는 울음이
피어나길. 오, 그러면 너희, 밤들은 내게 더 다정해지겠지.
슬퍼하던˚ 밤들. 내 너희, 위로할 길 없는 자매들을,
더 낮게 무릎 꿇어 받아들이지 못했지, 풀어헤친 너희
머리칼 속에 나를 더 풀어 바치지 못했다. 우리, 고통의 낭비자,
우리는 얼마나 그 고통들을 미리 내다보는가, 그 슬픈 지속까지를,
언젠가 그것들이 끝나지 않을까 하고. 그러나 고통들은 정녕
겨울을 견디게 하는 우리의 나뭇잎, 우리의 짙은 의미의 초록˚,
은밀한 세월˚의 어느 **한때** ─, 시간일 뿐만
아니라 ─, 그것들은 장소요, 정착지요, 보금자리요, 땅이요, 거처.

참으로 가슴 아프다, 얼마나 이상한가, 고통의 도시˚의 골목길은,
그곳엔 지나친 소음이 만든 거짓된
정적 속에서, 억세게도, 공허의 거푸집에서 나온 주물(鑄物)이
뽐내고 있으니. 그것은 도금한 소음이요, 폭발하는 기념비라.

오오, 어느 천사가 이 위안의 장터를 흔적도 없이 짓밟으련만,
그들이 완제품으로 산 교회'가 거기 경계를 짓고 서 있다:
말쑥하게 닫힌 채, 마치 일요일의 우체국처럼 실망하여'.
밖에서는 그러나 대목 장터 가장자리마다 사람들로 바글거린다.
자유의 그네! 열을 내는 잠수부와 요술사!'
그리고 예쁜 인형으로 꾸민 행운의 사격대에서는
과녁이 버둥거리며 양철 소리를 낸다,
제법 솜씨 있는 사람이 맞히기라도 하면. 그는 박수를 받고 우
　　연을 향해
계속해서 흠뻑 취해 간다; 온갖 호기심의 가게가
선전하고, 북치며, 아우성이기에. 어른들에게는 그러나
돈이 증식하는 모습이 특별히 볼만하다. 신체 구조적으로,
오락만을 위한 것은 아닌: 돈의 생식기,
그 모든 것, 그 전체, 그 과정 ―, 그것은 가르치고
이익을 만든다…….
……오오, 그러나 바로 그것을 벗어난 곳에는,
'죽지 않음'이라는 포스터가 붙은 마지막 판자,
저 쓴 맥주 광고, 마시는 사람들에게는 달콤하게 느껴지겠지,
언제나 신선한 안주를 곁들여 씹는다면…….,
바로 그 판자 뒤편, 바로 그 뒤가 **현실적이다**.
어린이들은 놀고, 연인들은 서로 얼싸안는다, ―한쪽으로 떨어져,
진지하게, 초라한 풀 속에서, 그리고 개는 오줌을 눈다.
소년은 조금 더 이끌려 간다. 아마도 그는 한 어린

탄식'을 사랑하는가 보다…… 소녀를 따라 초원으로 들어간다.
　소녀가 말한다.
— 멀어. 우리는 저 바깥에 살고 있어…… 어디? 그리고 소년은
따라간다. 소녀의 자태가 소년을 감동시킨다. 그 어깨와, 그 목
　덜미 —, 아마
소녀는 훌륭한 가문 출신일지도 몰라. 그러나 그는 그녀를 내버
　려 두고, 돌아가며,
몸을 돌려 잘 가라고 손짓한다…… 무슨 소용이람? 그녀는 하
　나의 탄식인데.

오직 어려서 죽은 자들만이, 시간을 초월한 태연함,
그 젖떼기의 처음 상태로,
사랑하면서 소녀의 뒤를 따른다. 소녀는
그들을 기다리고 그들과 친구가 되어 조용히 보여 준다,
자신이 걸치고 있는 것을. 고통의 진주알들, 그리고 섬세한
인고(忍苦)의 면사포를. — 소녀는 소년들과 함께 간다,
말없이.

그러나 저기, 그들이 사는 골짜기 안에서는, 좀 나이 든 탄식이,
소년의 질문을 떠맡는다. — 우리는,
그녀가 말한다, 위대한 종족이었어, 한때, 우리들 탄식은. 우리
　조상은
저기 큰 산속에서 광산 일을 했어. 인간 세계에서

때때로 너는 갈고닦은 한 조각 근원-고통을 찾아낼 거야,
아니면, 옛 화산에서 흘러나와 쇠똥 묻은 채 화석이 된 분노를.
그래, 그것은 거기에서 나온 거야. 한때 우리는 부자였단다. —

그러고는 소년을 탄식의 넓은 풍경 속으로 가볍게 이끌고 가며,
그에게 보여 준다, 사원의 기둥들이나 저 성곽의
폐허들을. 지난날 탄식의 제후가 나라를
현명하게 다스리던 그곳. 그에게 보여 준다, 그 높은
눈물의 나무들과 슬픔이 꽃피는 밭들을.
(살아 있는 사람들은 그것을 부드러운 잎으로 알고 있다);
그에게 보여 준다, 슬픔의 짐승들을, 풀을 뜯고 있는, — 그리고
　때때로
새 한 마리 소스라치며, 쳐다보는 짐승들 위로 낮게 날아가면서,
외로운 외침의 글자 모양을 크게 그린다. —
저녁에는 그녀가 소년을 노인들의 무덤으로 데리고 간다
탄식의 종족 출신, 예언자들과 충고자들에게로.
그러나 밤이 다가오면, 그들은 더욱 고요하게 걸어간다, 그리고 곧
달이 높이 솟아오르고, 모든 것 위를
지키는 묘비. 나일 강변의 그것과 형제처럼,
장엄한 스핑크스 —: 침묵된 묘혈의
표정.
그들은 왕관을 쓴 머리에 놀란다, 영원히,
침묵을 지키며. 사람의 얼굴을

두이노의 비가 **55**

별들의 저울 위에 올려놓은 머리.

그것은 그의 시선을 붙들지 않는다. 때 이른 죽음에
어지러워. 그러나 그녀의 관조는,
왕관 가장자리 뒤에서 위로, 부엉이를 쫓아 버린다. 그리하여
  부엉이는,
천천히 뺨을 따라 쓰다듬으면서,
저 가장 원숙한 곡선을 따라,
부드럽게 그려 넣는다, 새로워진
망자의 청각 속, 그 양쪽으로
펼쳐진 종이 위에, 형용할 수 없는 윤곽을.

그리고 더 높이에 별들, 새로운 별. 고통의 나라의 별들.
천천히 탄식은 별들의 이름을 부른다: ─ 여기,
보라: 기수(騎手)를, 지팡이를, 그리고 더욱 가득한 별자리의
이름을 부른다: 열매의 화환. 그러고는 계속해서 북극 쪽으로:
요람; 길; 불타는 책; 인형; 창문.
그러나 남쪽 하늘에는, 마치 축복받은 손
바닥 안쪽처럼 순수하게, 밝게 빛나는 'M'
어머니'들을 뜻하는…… ─

그러나 죽은 이는 떠나야 한다, 그래서 나이 든 탄식은 그를 말없이
골짜기 아래까지 데리고 간다,

거기 달빛을 받으며 빛나는 것:
기쁨의 샘. 그녀는 깊은 경외심으로
그 이름을 부르면서 이렇게 말한다: ─ 인간 세계에서
이것은 떠받치는 물결*이지. ─

산기슭에 서서
탄식은 소년을 끌어안는다, 울면서.

혼자가 되어 소년은 올라간다, 근원-슬픔의 산속으로.
그런데 그의 발걸음은 소리 없는 운명의 소리 한 번 내지 않는다.

*

그러나 그들, 영원히 죽은 자들*이 우리에게 일깨우지 않는가,
　하나의 비유를.
보라, 그들은 아마도 겨울눈을 가리켰는지도 모른다.
개암나무*에 매달린, 아니면,
비를 뜻했을지, 봄날 어두운 토양 위에 떨어지는. ─

그리고 **상승하는** 행복을
생각하는 우리는 감동을 느끼리라,
우리를 거의 당황케 하는,
어떤 행복한 것이 **내리면**.

오르페우스에게 바치는 소네트[*]

— 베라 우카마 크노프[*]를 위한 묘비명으로 씀

제1부

I

저기 나무 한 그루 솟았다. 오 순수한 상승!
오 오르페우스가 노래한다! 오 귓속의 드높은 나무!
그리고 모두가 침묵했다. 그러나 침묵 안에서조차
새로운 시작과 신호와 변화는 일어났다.

고요의 짐승들이   둥지와 보금자리를 떨치고
어둠을 걷어 낸 밝은 숲 밖으로   몰려나왔다.
그들이 속으로 그토록 조용했던 것은 꾀를 부리거나
불안해서가 아니라,

듣느라고 그런 것. 으르렁거림, 울부짖음, 포효는
그들의 마음엔 작아 보였다. 그리고 거기
이것을 받아들일 오두막 한 채도 없던 곳.

가장 어두운 욕망의 피난처
입구의 문설주가 진동하는, ―
그곳에 당신은 그들을 위한 귓속의 신전을 세웠다.

II

소녀 같기도 한 그것은 노래와 칠현금이
하나 되는 행복에서 나와
봄의 너울 사이로 밝게 빛나며
내 귓속에 침대를 마련했다.

그리고 내 안에서 잠잤다. 모든 것이 그녀의 잠.
내가 일찍이 감탄했던 나무들,
느낄 수 있는 먼 거리, 풀밭의 감촉.
그리고 내게 닥친 모든 놀라움.

그녀는 온 세상을 잠재웠다. 노래하는 신이여, 어떻게
그녀를 완성했기에, 그녀는 깨어 있으려고조차
욕심을 내지 않는가? 보라, 그녀는 소생하여 잠들었다.

그녀의 죽음은 어디 있는가? 오, 당신은 이 모티프를
장차 창안하려는가, 당신의 노래가 소진되기 전에? —
그녀는 나에게서 나와 어디로 사라지는가? ……소녀 같은 그
　것……

III

신은 할 수 있는 일. 그러나 말해 보라, 어떻게
한 사내가 좁은 칠현금 줄 사이로 신을 따라야 할지.
사내의 마음은 두 갈래*. 두 개의 마음길이 만나는
교차로에 아폴로* 신전은 없다.

노래는, 네가 가르치듯, 욕망이 아니요,
결국 얻게 되는 것을 위한 구애도 아니다;
노래는 현존재. 신에게는 쉬운 일.
그러나 우리는 언제나 **존재하려는가**? 그리고 신은 언제나

대지와 별들을 우리의 존재로 돌려놓으려나?*
그것은 아니다, 젊은이여, 네가 사랑하여, 비록
목소리가 입 밖으로 터져 나올지라도, — 배워라,

잊도록, 네가 우러러 노래했음을. 그것은 흘러가 버린다.
진실 안에서 노래하기란 다른 숨결이다.
바라는 것 없는 숨결. 신 안에서의 나부낌. 한 줄기 바람.

IV

오, 다정한 연인들이여, 때때로
너희를 가리키지 않는 숨결 안으로 들어서라,
그 숨결 너희의 두 뺨에서 갈라지게 하라.
너희 뒤에서 숨결은 다시 하나 되어 떨리리니.

오, 지복한 너희, 오, 온전한 너희여,
너희는 마음의 시작*처럼 보인다.
화살의 활, 그리고 화살의 과녁*,
너희의 미소는 울음 끝에 더욱 영원히 빛나리라.

고통을 두려워 말라, 무거움일랑
대지의 중력에 되돌려 주어라;
산들도 무겁고, 바다들도 무겁거늘.

너희가 어릴 적에 심은 나무들조차
벌써 너무 무거워져 들지 못한다.
그러나 바람들은…… 그러나 공간들은……

V

기념비를 세우지 말라. 장미로 하여금
해마다 그를 위해 피어나게만 하라.
그것이 바로 오르페우스이므로. 그의 변용은
이것저것 안에 있으니 우리가 애쓸 필요는 없다,

다른 이름을 찾느라고. 궁극적으로
오르페우스는 존재한다, 노래 있는 곳에. 그는 오고 간다.
이미 과분하지 않은가, 그가 때때로 장미의 수반(水盤)보다
며칠 더 견디기만 해도?

오, 그가 사라져야만 한다는 것을 너희는 이해했다.
비록 사라지는 것이 그 자신조차 괴로웠을지라도.
그의 말이 현세의 존재를 능가함으로써

그는 벌써 저곳에 가 있고, 너희는 그곳으로 동행할 수 없다.
칠현금의 간살도 억지로 그의 두 손을 가두지 못한다.
그리고 그는 순종하는 것이다, 넘어감으로써.

VI

그는 현세의 존재인가? 아니다, 두
영역으로부터 그의 폭넓은 천성이 자라 왔다.
버드나무 가지를 더 솜씨 있게 구부릴 줄 알려면
버드나무의 뿌리를 경험한 사람이어야 하리라.

너희가 잠자리로 갈 때면, 식탁 위에는
빵도 우유도 남겨 놓지 말라, 죽은 자들을 끌어 온다 ―,
그러나 마법사, 그는 뒤섞으리라,
눈까풀*의 그 온화함 밑에서

죽음의 현상을 살펴본 모든 대상 안으로;
그리하여 푸마리아와 헨루다 풀*의 마술이
그에게는 가장 분명한 관계처럼 진실되리라.

아무것도 그에게는 가치 있는 형상을 어지럽히지 못한다;
무덤에서 나왔든, 방에서 나왔든,
그는 찬양하리라, 가락지를, 비녀를, 그리고 항아리를.

VII

찬미, 바로 그것이다! 찬미의 임무를 받은 자,
그는 나타났다, 마치 광석이 돌의
침묵에서 나오듯이. 그의 심장은, 오오, 덧없는 압착기*
인간에게 무한한 포도주를 짜내는.

결코 그의 목소리는 먼지에 막히지 않는다,
신의 모범이 그를 사로잡을 때면.
모든 것이 포도밭이 되고, 포도송이가 되어
그의 다정한 남국에서 무르익는다.

무덤 속 제왕의 부패물도
그의 찬미가 거짓이라고 벌주지 않는다, 오히려
신들로부터 그림자 하나 떨어져 나간다.

그는 머무는 심부름꾼의 한 사람,
아직도 죽은 자들의 문 안으로 깊숙이
찬미하는 과일 쟁반을 들이민다.

VIII

탄식은 오직 찬미의 공간 안에서만
갈 수 있다', 눈물 젖은 샘의 요정'이여,
우리의 침전물' 위에서 지키는구나.
그것 또한 문과 제단들을   받치고 있는

바위에서 맑아지도록. ─
보라, 그녀의 고요한 어깨 둘레로 싹트는
느낌을, 마치 그녀가 막내이기라도 하듯,
감정의 자매들 가운데에서.

환호는 안다, 그리고 동경은 고백한다, ─
오직 탄식만이 아직도 배운다; 소녀의 손길로
밤새도록 해묵은 재난을 헤아리면서.

그러나 문득, 비스듬히, 그리고 서툴게
탄식은 우리 목소리의 별자리를 들어 올린다,
그의 숨결이 흐려 놓지 못하는 하늘 속으로.

IX

오직 그림자 속에서도
칠현금을 이미 들어 올린 자만이
무한한 찬미를
예감하며 바칠 수 있다.

오직 죽은 자들과 더불어 그들의
양귀비*를 먹어 본 자만이,
가장 낮은 음이라도
다시 잃지 않으리라.

연못 속의 되비침이
흔히 우리의 모습 흐릴지라도:
알아라, 그 형상을.

현세의 영역에서야
비로소 목소리가
영원하고 부드러워지리라.

X

결코 내 느낌을 떠나지 않는 너희에게
인사한다, 고대의 석관(石棺)들[1]이여,
로마 시절의 즐거운 물이
떠도는 노래처럼 너희를 뚫고 흐르는구나.

또는 깨어나는 명랑한 목동의
눈처럼 열린 저 석관,
— 안에는 고요와 광대수염풀이 가득한데 —
황홀해진 나비들이 팔랑팔랑 날아올랐다.

의혹으로부터 빼앗아 온 모든 것에,
나는 인사한다, 다시 열린 그 입들,
침묵이 무엇인지, 벌써 알고 있던.

우리가 그것을, 친구들이여, 아는가 모르는가?
알든 모르든 둘 다 머뭇거리는 시간이 된다
인간의 관점에서는.

---

1 2연은 『말테의 수기』에서도 말한 저 유명한 아를 근교의 알리스캉(Alyscamps) 옛 공동묘지를 생각하며 쓴 것이다.

XI

하늘을 보라, '기수(騎手)'라고 불리는 별자리는 없는가?
그것은 우리에게 묘한 인상을 남기고 있다.
이 대지의 자부심*, 그리고 그를 몰아가며 붙들면서
그에게 실려 가는 두 번째 존재*.

쫓기다가는 길들여지는
이것이 존재의 강인한 본질이 아닌가?
길과 전환. 가볍게 누르는 것으로도 이해가 된다.
새로이 열리는 광막함. 둘은 하나가 된다.

그러나 그들은 **하나로 존재하는가?** 아니면 둘은
그들이 함께 가는 길을 뜻하지 않는 것일까?
이름 없이 이미 탁자와 목초지가 그들을 갈라놓는다*.

별자리의 결합도 속인다.
그래도 우리를 잠시나마 기쁘게 할 것은
그 형상을 믿는 일. 그것으로 충분하다.

XII

우리를 결합시킬 줄 아는 정신 만세!
우리는 정녕 형상 속에서 살기에.
그리고 시계는 작은 발걸음으로
우리의 본래의 하루 곁에서 가고 있다*.

우리의 진정한 자리를 모르면서도
우리는 실제적인 관계로부터 행동한다.
안테나가 안테나를 감지하고
텅 빈 먼 공간이 날라 주었다……

순수한 긴장, 오오 힘들의 음악이여!
사소한 일들을 통해 너로부터
모든 방해를 피하지 않았는가?*

농부가 근심해 가며 행동한다고 해도
씨앗이 여름으로 변용하는 곳에서는
그의 힘이 결코 미치지 못한다. 대지가 **선사하는** 것이기에.

XIII

속이 꽉 들어찬 사과, 배와 바나나,
구스베리…… 이 모든 것이
삶과 죽음을* 입속에다 말한다…… 알 만하다……
어린이의 얼굴에서 읽어 보라,

어린이가 과일을 맛볼 적에, 먼 곳에서 오는 이것이
너희의 입속에서 차츰 이름 없는 것이 되지 않는가?
말이 있어 온 곳에 찾아낸 보물이 흐른다,
과육으로부터 느닷없이 해방되어.

감히 말해 보라, 너희가 사과라고 부르는 것을.
이 단맛, 이제 비로소 진해져,
맛보는 사이에 슬며시 일어나서는,

분명해지니, 깨어 있고 투명한 그 맛,
이중의 의미를 지닌, 태양과 흙과, 현세의 맛 ―:
오오 체험이여, 느낌이여, 기쁨이여 ―, 엄청나구나!

XIV

우리는 꽃, 포도잎, 과일들과 교제한다.
그것들은 그 해의 언어만을 말하지는 않는다.
어둠으로부터 솟는 울긋불긋한 현시(顯示)는
아마 질투의 빛을 지녔을지도 모른다.

땅심을 돋우는 죽은 이들의 질투.
우리가 그들의 몫에 대해서 무엇을 알겠는가?
오래전부터 그들의 방식은, 진흙을
그들의 자유로운 골수로 속속들이 표시하는 것.

이제 물어볼 것은 오직: 그들은 기꺼이 그렇게 하는가……?
이 과일, 힘든 노예의 작품은 우리에게로,
그들의 주인에게로 움켜쥔 주먹을 내미는가?

뿌리 쪽에 잠들어 있는 그들이 주인인가,
그래서 우리에게 그들의 나머지에서 선사하는가,
말 없는 힘과 입맞춤의 산물, 이 어중간한 물건을?

XV

기다려라……, 맛있다…… 벌써 달아나려 한다.
…… 그저 음악 조금, 스텝 하나, 한 마디 흥얼거림* —;
소녀들이여, 따뜻한 너희, 소녀들이여, 말 없는 너희,
경험한 열매의 맛을 춤으로 추어라!

오렌지를 춤추어라. 누가 잊을 수 있으랴,
그것들이 스스로의 안으로 빠져들면서
그 단맛에 저항하는 모습*을, 너희는 오렌지를 소유했었다.
오렌지는 기막힌 맛으로 너희에게로 돌아섰다.

오렌지를 춤추어라, 더 따뜻한 풍경,
그것을 너희 밖으로 던져라, 무르익은 오렌지가
고향의 대기 속에서 빛나도록! 달아오른 너희여, 벗겨라

한 꺼풀씩 그 향기를. 혈연을 맺어라,
그 순수한 저항하는 껍질과,
행복한 존재를 가득 채우는 그 단맛과!

XVI[2]

너는, 나의 벗이여, 외롭구나, 왜냐하면……
우리가 말과 손가락질로
세계를 점점 우리의 것으로 만들기에,
아마도 그 가장 약하고, 가장 위험한 부분을.

누가 손가락으로 냄새를 가리키는가? ―
그러나 우리를 위협한 힘들을,
너는 많이 느끼고 있다…… 너는 죽은 자들을 알고 있기에,
마법의 주문에 놀라고 만다.

보라, 이제는 함께 견디라는 것이다.
조각난 것들과 부분들을, 그것이 마치 전체인 양.
너를 돕기는 어려울 것이다. 무엇보다도: 심지 말라

나를 너의 심장 안에. 나의 성장은 너무 빠르리라.
그러나 나는 내 주의 손을 이끌어 말하리라:
여기, 이것이 제 털을 둘러쓴 에서*입니다, 라고.

---

2 한 마리의 개를 향한 소네트다. "내 주의 손"이라는 표현은 오르페우스와 관계를 맺었다는 의미인데, 여기서 오르페우스는 시인의 주인을 뜻한다. 마지막 연 "내 주의 손을 이끌어 말하리라"에서 시인은 그 무한한 참여와 헌신의 손이 이 개에게도 축복이기를 바라며 내 주의 손을 이끌고자 한다. 이 개는, 에서와 거의 마찬가지로(야고보서 1장, 창세기 27장을 보라), 그의 마음속에서 그에게 돌아오지 않는 유산, 즉 고난과 행복이 함께하는 전체 인간적인 것에 참여할 수 있기 위해 탈을 뒤집어썼을 뿐이다.

XVII*

맨 아래쪽에는 노인, 뒤엉킨 채,
쌓아올려진 모든 것의
뿌리, 감추어진 샘,
그들이 결코 본 적이 없는.

돌격대의 투구와 사냥 나팔,
머리 허연 남자들의 경구,
형제간에 다투는 남자들,
라우테* 같은 여인들……

서로 떠미는 가지와 가지,
어디에도 자유로운 가지는 없는가……
하나 있다!   오오 상승하라…… 오 상승하라……

다른 가지들은 부러져도
이것만은 꼭대기에서 처음으로
구부러지며 칠현금이 된다*.

XVIII

당신께서는, 주'여, 들으시나요, 저 새로운 존재가
요란하게 울리며 진동하는 소리를?
예언자들도 옵니까,
그것을 찬양하러.

광란의 소음 속에서는
어느 귀도 무사하지 못하련만,
그래도 기계의 부품들은
이제 칭찬을 들으려 합니다.

보세요, 저 기계를:
날뛰고 복수하고
우리를 일그러뜨리고 무력하게 만드네요.

기계가 우리로부터 힘을 얻었다면,
그것들은 아무 열정 없이도,
작동하고 봉사하게 하소서.

XIX

세상이 아무리 빠르게
구름처럼 변한다고 해도,
모든 완성자는
태고의 것으로 돌아가네.

변화의 과정 저 너머에,
더 멀리, 더 자유롭게,
당신의 앞선-노래˙는 존속하네,
칠현금을 가진 신이여.

고통은 인식되지 않았고,
사랑은 학습되지 않았으며,
죽음 속에서 우리를 떠나는 것은,

베일을 벗지 않았네˙.
오직 대지˙ 위의 노래만이
신성하게 하며 찬미하네.

XX*

그러나 당신께, 오 주여, 무엇을 바치리오? 말해 주오,
피조물들에게 듣기를 가르친 당신께……
어느 봄날에 대한 나의 추억,
그 저녁, 러시아에서 —, 말 한 마리가……

마을에서 그 백마는 홀로 뛰어왔지요,
앞 발목에 말뚝을 매단 채로,
그 밤 초원에서 혼자 있기 위하여;
갈기의 곱슬곱슬한 털이

목덜미를 때리던 들뜬 기분의 박자,
질주가 거칠게 제지당했을 때.
준마의 피의 샘은 솟구쳤지요!

그 말은 먼 거리를 느끼고 있었답니다, 물론이죠!
말이 노래 부르고 귀 기울였으니 —, 당신의 전설권이
그의 **내면**에서 완결되었어요.

　　　　　　　　　　그의 형상: 그것을 바칩니다.

XXI³*

봄이 다시 돌아왔다. 대지는
시를 아는 어린이와 같다.
많은, 오 많은 시를…… 오랜 배움 동안
애쓴 대가로 대지는 상을 받는다.

대지의 스승은 엄격했다. 우리는 그 노인의
수염의 흰 빛을 좋아했지.
이제는 저 초록빛, 저 푸른빛을 뭐라고 하는지,
우리가 물어봐도 된다. 대지는 대답할 수 있다, 할 수 있다!

자유로운 대지여, 너 행복한 이여, 놀아 다오
이제는 어린이들과 함께. 우리가 너를 잡겠다*,
즐거운 대지여. 가장 즐거운 어린이가 잡을 수 있으리라.

오, 스승이 대지에게 가르친, 그 많은 것,
그리고 뿌리와 길고 무거운 줄기 속에
인쇄된 것들*을, 대지는 노래한다, 노래해!

---

3 "언젠가 스페인 남부 론다에 있는 한 수녀원에서 어린 수녀들이 아침 미사 시간에 이 작은 봄
   노래를 부르는 것을 들은 적이 있는데, 기묘하게 춤추는 듯한 음악에 대한 '해석'처럼 느껴졌
   다. 어린이들은 춤 박자에 맞춰 내가 모르는 가사를 트라이앵글과 탬버린 반주에 맞춰 노래
   했다."

XXII

우리는 재촉하는 존재.
그러나 시간의 발걸음,
그것은 하찮게 생각하라.
언제나 머무는 것 속에서.

서두르는 것은 모두
곧 지나가 버리리라.
머무는 것이 비로소
우리에게 가르쳐 주리니.

소년들이여, 오, 속도 안으로
용기를 던지지 말라,
비행 실험에도.

모든 것이 푹 쉬었다*.
어둠과 밝음*,
꽃과 책이.

XXIII

오, **언젠가** 비행이
더는 자신의 목적을 위해
하늘의 정적 속으로
솟구치지 않는다면, 스스로 만족하여,

밝게 빛나는 옆모습을 보이며,
바람의 총아(寵兒) 노릇을
할 수 있게 된 기구로서,
안전하고 날씬하게 흔들어 대지 않는다면, ―

그때서야 비로소 성장하는 기계의
순수한 '어디로'의 방향'이
소년의 자만심을 능가하여,

이득으로 어리둥절해져서,
먼 것에 다가간 저 **존재가**
되리라. 그것은 외롭게 날아 얻은 것.

XXIV

우리가 태고의 우정*을, 그 위대하고
결코 구애(求愛)하지 않는 신들을, 우리가 엄격하게
단련해 낸 단단한 강철이 모른다고 해서, 저버리거나,
아니면 느닷없이 지도(地圖) 위에서 찾아야 하는가?

우리로부터 죽은 자들을 빼앗아 가는 이 힘센
친구들은 우리의 수레바퀴 어느 곳도 건드리지 않는다.
우리의 향연(饗宴)은 멀다 ─, 우리의 목욕탕들도
떠나왔고, 이미 너무 느려진 신들의 사자(使者)를

우리는 언제나 앞질러 간다. 이제는 더욱 고독하게 서로에게
의지하며, 서로를 알지도 못하면서,
우리가 가는 길은 아름다운 꼬부랑길이 아니라,

곧은길*이다. 오직 보일러 안에서만 한때의
불꽃*이 타고 있고, 망치 들어 올리는 소리 점점
커지고 있을 뿐. 그러나 우리는 수영하는 사람처럼 힘을 잃어
   간다.

XXV[4]

너를 그러나 나는 이제, **너를** 내가 한 송이
꽃으로 알아 왔고 그 이름은 모르지만,
다시 **한** 번 기억하고 신들에게 보이겠다, **빼앗긴** 여인이여.
극복할 수 없는 외마디의 아름다운 놀이 친구여.

처음엔 무희였는데, 갑자기, 온몸에 머뭇거림 가득하여,
멈추더니, 마치 누군가 그녀의 젊음을 광석 안으로 부어 넣은 듯;
슬퍼하며, 그리고 귀 기울이며 ─. 거기, 드높은 능력자들로부터
음악이 그녀의 달라진 심장 속으로 내려왔었다.

병(病)이 가까이 있었다. 이미 그림자에 사로잡혀,
검은 피가 밀려왔다. 그러나, 의심도 잠시뿐인 듯,
피는 그의 자연스런 봄 안으로 타고 올라왔었다.

다시 또다시, 어둠과 추락으로 끊기기는 했어도,
피는 현세의 빛으로 반짝였다. 마침내 무섭게 두근대다가
위로할 길 없는 열린 문 안으로 들어설 때까지.

---

4 베라에게

XXVI

당신은 그러나, 신이시여, 당신은, 마지막 순간에도 소리를 울
   리는 분,
거부당한 주신(酒神)의 무녀(巫女)들이 떼거리로 덮쳤을 때',
그들의 외침 소리를 당신은 질서로 눌러 버렸지요, 아름다운 당
   신이시여.
파괴자들로부터 당신의 위안의 연주가 솟아올랐어요.

당신의 머리와 칠현금을 부수려는 자는 아무도 없었지요.
아무리 그들이 애쓰고 미친 듯 날뛰었어도, 그리고 그들이
당신의 심장을 향하여 던진 그 모든 날카로운 돌도,
당신에게서는 부드러운 존재가 되어 귀를 기울였어요.

마침내 복수심에 쫓긴 그들이 당신을 때려눕혔을 때도,
당신의 울림은 아직도 사자(獅子)들과 바위 속에 남았어요,
나무들과 새들의 내면에도. 그곳에서 당신은 지금도 노래해요.

오 당신, 잃어버린 신이시여! 당신은 끝없는 발자취!
오직 당신을 마지막 적의(敵意)가 찢어발겨 흩어 놓았기에,
이제 우리는 듣는 자들이며 자연의 입이지요.

제2부

I*

호흡이여, 너 보이지 않는 시여!
끊임없이 저 자신의
존재와 순수하게 바꿔 들인 세계 공간. 평형이여,
나는 그 안에서 가락이 된다.

단 하나의 물결, 나는
그 물결이 시나브로 이룬 바다.
가능한 모든 바다 가운데 너는 가장 검소한 바다, —
공간 획득.

이 공간들의 얼마나 많은 자리가 이미
내 안에 있었는가. 많은 바람은
마치 내 아들과 같다.

나를 알아보겠는가? 공기여, 아직도 지난날의 내 장소로 가득한
너는, 한때는 매끄러운 껍질이더니,
내 말의 둥근 줄기이며 잎새*.

II

마치 대가(大家)에게 때때로 급히
내민 종이가 **진짜** 선(線)을
받아내듯이: 그렇게 거울들은 자주
소녀들의 성스러운 유일한 미소를 받아들인다,

소녀들이 아침을 시험해 볼 때면, 홀로, ―
또는 시중드는 촛불의 광채 속에서.
그러나 진정한 얼굴들의 숨결 안으로,
나중에, 드리우는 것은 되비침일 뿐이다.

우리의 눈이 한때 그을린
벽난로의 불꽃 속으로 오래 들여다본 **것은**:
영원히 잃어버린 삶의 시선들.

아하, 누가 아는가, 대지의 손실을?
그럼에도 또한 찬미하는 소리로 노래하는 자만이
전체 안으로 태어난 마음을 노래하리라.

III

거울들이여: 아직 알고 묘사한 사람은 없다,
너희의 본질이 무엇인지를.
너희, 마치 체의 구멍들로
채워진 시간의 틈새들같이*.

너희. 아직 텅 빈 홀의 낭비자들* ─,
어스름 깃들면, 마치 숲들처럼 넓어지고……
샹들리에는 열여섯 개의 뿔 달린 사슴처럼
발 들여놓을 수 없는 너희를 통과해 간다.

때때로 너희는 그림으로 가득하다.
어떤 것들은 너희 안으로 들어간 듯하고 ─,
다른 것들은 너희가 수줍게 통과해 보낸다.

그러나 가장 아름다운 그림은 남으리라 ─, 저
너머 너희의 야윈 두 뺨 속으로
맑게 용해된 나르키소스*가 스며들 때까지.

IV[5*]

오 이것은 존재하지 않는 짐승.
그들은* 모르면서도 어떻든 그 짐승을
— 그의 걸음걸이, 그의 자세, 그의 목덜미,
그의 고요한 눈빛까지도 — 사랑했다.

비록 그 짐승은 없었다. 그러나 그들이 사랑했기에,
순수한 짐승이 되었다. 그들은 언제나 공간을 남겨 두었다.
그리고 그 맑게 비워 둔 공간 안에서
가볍게 머리를 쳐든 그 짐승은 거의

존재할 필요가 없었다. 그들은 곡식이 아니라
언제나 존재하리라는 가능성만으로 짐승을 길렀다.
그것이 짐승에게 그토록 힘을 주어

이마에 뿔을 내밀게 하였다. 한 개의 뿔.
그것은 한 처녀에게 흰 빛으로 다가왔다 —
그러고는 은거울 속에, 그녀의 내면에 존재했다.

---

5 "일각수(一角獸)는 중세에서 늘 받들어 모신 처녀성의 의미를 오래 지녀 왔다. 그러므로 사람
들이 주장하기를, 속인(俗人)에게는 존재하지 않는 이 짐승은 처녀가 자기 앞에 들고 있는 '은
거울'(15세기의 벽걸이 융단을 볼 것), 그리고 마찬가지로 순수하고 비밀스러운 두 번째 거울
인 '그녀의 마음속'에 나타나는 순간 존재한다고 한다."

V

꽃의 근육, 아네모네*에게
초원의 아침을 차츰차츰 열어 주어,
꽃의 품속까지 큰 울림의 하늘들이
여러 소리의 빛을 쏟아 넣는다,

끝없는 받아들임의 팽팽한 근육
그 고요한 꽃별 속으로,
때때로 그 충만함에 압도되어,
일몰의 휴식 신호조차

급하게 뒤로 넓게 벌어진
꽃 가장자리를 너에게 되돌려 주지 못한다:
너는, **얼마나 많은** 세계의 결단이며 힘인가!

우리는, 우악스러운 존재, 우리는 더 오래 살아남는다.
그러나 **언제**, 그 모든 삶의 어느 삶 속에서,
우리가 마침내 열리어 수신자가 되겠는가?

VI

장미여, 왕좌의 꽃 너는, 옛날 사람들에게는
홑겹의 꽃받침[6]이었지.
우리에게 너는 그러나 수없이 가득한 꽃들이다,
다함이 없는 대상.

너는 풍요로움 속에서 마치 한 겹 한 겹
광채만으로 이루어진 몸에 두른 옷처럼 보인다.
그러나 너의 꽃잎 하나하나는 모든 의상의
회피요 또한 거부다.

수백 년 전부터 너의 향기는 우리에게
그 가장 달콤한 이름을 불러 주니;
문득 그 이름 명성처럼 공중에 걸려 있다.

그래도 그 이름 부를 줄 모르고, 우리는 짐작한다
불러낼 수 있는 시간으로부터 요청한,
우리의 기억이 그 향기 찾아 건너간다.

---

6   "고대의 장미는 홑겹 에글렌타인(eglantyne)으로서, 붉고 노란 불꽃색을 지니고 있었다. 그 에
    글렌타인이 여기 발레에서도 정원마다 피고 있다."

VII

꽃들이여*, 결국 정돈하는 손과 혈연인 너희,
(예전과 오늘날의 소녀들의 손),
지치고 가벼운 상처 입어
정원, 식탁 가득 모서리에서 모서리까지 놓여 있더니,

이미 시작된 죽음으로부터 다시 한번
회복시켜 줄 물을 기다리며 ―, 그리고 이제
다정한 손가락의 흐르는 양극 사이로
다시 일어선 너희여, 그 손가락들은

너희의 짐작 이상으로 은혜로울 수 있네, 가벼운 너희여,
너희가 다시 꽃 항아리 안에 들게 될 적엔,
천천히 식어 가며 소녀들의 따사로움을, 마치 고해(告解)처럼,

너희에게서 내주면, 슬프고 나른한 죄악,
꺾임을 당한 죄는, 피어나면서 너희와 동맹하는
다시 그들에 대한 관계일 터다.

VIII

몇 안 되는 너희, 지난 어린 시절
여기저기 도시의 정원들 안에서 놀던 동무들이여.
우리는 서로 발견하고 주저하며 마음에 들었지
그리고 명대(銘帶)를 지닌 양[7]처럼,

침묵하는 아이들로서 말했다. 우리가 한때 기뻐했더라도,
그것은 누구의 소유도 아니다. 그것은 누구 것이었나?
그것은 지나가는 모든 사람 사이에서
그리고 오랜 세월의 고통 속에서 없어져 버렸다.

자동차들도 우리 주변을 낯설게 굴러 지나갔고,
집들도 튼튼하게 우리 둘레에 섰지만, 거짓말 같구나,—아무것도
우리를 제대로 알지 못했다. 우주 안에 실제로 **무엇이** 있었던가?

아무것도 없었다, 오직 공들뿐. 그 훌륭한 곡선.
어린이들은 아니다······   그러나 때때로 한 아이가,
아하, 사라져 가는 한 아이가 떨어지는 공 밑으로 들어갔다˙.

(에곤 폰 릴케˙를 추억하며)

---

7   (그림 속의) 양은 명대(銘帶)를 수단으로 해서만 말을 한다.

IX

뽐내지 말라, 재판하는 자들이여, 고문대가 필요 없게 되고,
더는 목에 칼을 씌우지 않게 되었다고.
아무것도 승화되지 않았다, 어느 마음 하나라도 ―, 의도된
자비의 경련이 너희를 더 은근하게 일그러뜨리기에.

오랜 세월에 얻은 것을 교수대(絞首臺)는 다시
돌려준다, 마치 어린이들이 지난 생일 선물로 받은
장난감을 다시 선물하듯이. 순수하고 드높은, 대문처럼
열린 마음 안으로 그는 달리 들어서리라, 진정한

자비의 신, 그는 힘차게 와서 더욱
찬란하게 움켜쥐리라, 신들의 존재가 그러하듯이.
안전한 큰 배를 위한 한 줄기 바람 **이상으로**.

무한한 짝짓기*에서 태어난, 조용히 노는 어린이들처럼,
우리를 내면에서 침묵하며 획득하는
은밀하고 고요한 지각(知覺)보다 못하지는 않으리라.

X

얻은 모든 것을 기계는 위협한다, 기계가
복종보다는 정신 속에서 존재하려고 설치는 한*.
탁월한 솜씨의 더 아름다운 머뭇거림이 더는 뽐내지 못하도록,
기계는 더욱 단호한 건축을 위하여 더 뻣뻣하게 돌을 자른다.

어디에서도 기계는 뒤처지지 않아, 우리는 **단 한** 번도 벗어날 수
　없고
기계는 조용한 공장에서 기름칠하며 스스로 주인이 된다.
기계는 생명, ─ 자기가 가장 능력 있다고 생각하는 기계는
똑같은 결단으로 정돈하고 만들어 내고 파괴한다.

그러나 아직도 우리에게 황홀한 것은 현존재다. 수백 개의
자리에 아직은 원천이 있다. 순수한
힘들의 유희. 무릎 꿇어 찬탄하지 않는 자 누구도 건드리지 않는.

언어는 아직도 말할 수 없는 것을 부드럽게 지나오고……
그리고 음악은 언제나 새롭게 가장 진동하는 돌들로,
쓸모없는 공간 속에 그들의 거룩한 집*을 짓는다.

XI [8•]

죽음의 많은 규칙이 가지런히 정돈되어 생겨났다,
정복을 계속하는 인간이여, 네가 사냥을 고집한 이후로.
사람들이 카르스트의 동굴 안으로 늘어뜨리는
한 폭의 돛, 나는 너를 덫이나 그물보다 잘 알고 있다.

사람들은 너를 조용히 들이밀었지, 마치 평화를 축하하는,
신호라도 되는 듯. 그러나 다음 순간 하인이 너의 귀퉁이를 비
    틀었다,
— 그러자 동굴 밖으로 밤이 한 줌 창백한
취한 비둘기들을 밝은 곳으로 내던졌으니…… 그러나 **그것** 또
    한 옳다.

구경꾼도 유감의 한숨을 쉴 것 없다,
사냥꾼만 그렇지 않다. 그는, 때가 된 것을,
주의 깊게 행동으로 완수한다.

죽임은 우리의 방황하는 슬픔의 한 형태인 것을……
청명한 정신 속에서는 순수하다,
우리들 자신에게 일어나는 일은.

---

8   카르스트의 한 지역에서 옛날 풍습에 따라 야릇한 흰색을 지닌 동굴 비둘기를 잡는 모습과 연
    관 있다. 여기서는 동굴 안으로 조심스럽게 늘어뜨린 천을 갑자기 특수한 방식으로 흔들어서
    놀란 비둘기들이 지하 동굴에서 날아오를 때 잡아 죽인다.

XII

변화를 원하라. 오 불꽃에 감격하여라,
그 속에서 사물은 너를 떠나 화려하게 변용한다.
지상의 일을 주재하는 저 구상(構想)의 정신이,
형상의 비약 속에서 전환점만큼 사랑하는 것도 없다.

머무름에 스스로를 가두는 것은 벌써 굳어 버린 것.
보이지 않는 재의 보호 속에서 안전하다고 공상하는 것일까?
기다려라, 더 가혹한 것이 멀리에서 그 굳은 것에 경고하니,
아프도다 ─: 부재중인 망치가 치켜든다!

스스로 샘물이 되어 붓는 자를 인식이 알아본다.
인식은 기쁨에 겨워 그를 청명한 창조물 속으로 이끈다,
시작과 더불어 끝나고 끝에서 시작하는 창조물.

행복한 공간은 모두 이별의 자식이거나 손자이려니,
놀라면서 통과해 가는 공간. 모습을 바꾼 다프네'는
월계수의 기분이 된 뒤로는 너도 바람 속에 변하라고 한다.

XIII

모든 이별에 앞서라, 마치 이별이
방금 지나가는 겨울처럼 너의 뒤에 있듯이.
겨울들 가운데 하나는 그렇게 끝없는 겨울 되어,
그 겨울 견뎌 내며 너의 마음 완전히 극복되도록.

에우리디케와 더불어 영원히 죽어라―, 노래 부르며 솟아올라라,
더욱 찬양하며 그 순수한 관계 안으로 되돌아 솟아라.
여기, 사라져 가는 것들과 더불어, 존재하라, 기울기의 영역 *속에,
울리는 유리잔이 되어라, 울림 속에 이미 깨져 버린*.

존재하라 ― 그리고 동시에 알아라, 비존재의 조건,
네 마음속 진동의 그 무한한 근거를,
단 한 번에 그 진동 완수하도록.

쓰다 만 자연의 재고와 충만한 자연의
무디고 잠잠한 재고, 그 말할 수 없는 총계(總計)에,
환호하면서 너를 더하고 숫자는 없애 버려라.

XIV

꽃들을 보라, 현세에 충실한 이 꽃들,
꽃들에게 우리가 운명의 한 자락을 빌려주었건만*, —
누가 알겠는가! 꽃들이 저들의 시듦을 뉘우칠 때면,
그들의 뉘우침이 바로 우리 자신인 것을.

모든 것이 떠다니려 하니*, 우리는 문진(文鎭)처럼 돌아다니며,
그 위에 우리를 눌러놓고 그 무게를 황홀해한다.
오, 우리는 사물들을 괴롭히는 선생*,
그들에게는 영원한 어린 시절이 행복한 것을.

누군가 꽃들을 내면의 잠 속으로 받아들여
사물들과 깊이 잠든다면 —: 오 그는 가볍게,
공동(共同)의 깊이로부터* 다른 날, 다른 모습으로 올 텐데.

아니면 그가 머물러, 꽃들은 피어나며 찬미하리라,
이제 그 개심자(改心者)*는 그들을 닮았다,
초원의 바람 속에 조용히 서 있는 모든 자매를.

XV

오, 샘의 입, 너는 주는 자, 입이여,
쉬지 않고 하나를, 순수한 것을 말하는, ─
너는 물이 흐르는 얼굴 앞의,
대리석 마스크. 그리고 배후에는

수로교(水路橋)˙의 유래, 멀리로부터
무덤들을 지나, 아페닌˙ 산비탈에서
수로교가 네게 실어 오는 너의 전설
검게 늙어 가는 너의 턱을 지나

앞에 놓인 그릇으로 떨어진다.
이것은 잠자며 누워 있는 귀,
그 대리석 귀에 너는 쉬지 않고 속삭이니.

대지의 귀. 오직 저 혼자서만
그 유래는 말하는 셈이다. 항아리 하나 끼어들면,
네가 그것을 끊는 듯이 보인다.

XVI

언제나 다시 우리에게 찢기고도,
신은 낮게 하는 자리다.
우리는 날카롭다, 알려고 하기에,
그러나 신은 명랑하고 편재한다.

순수한 봉헌의 제물조차
자신의 세계 안으로 받아들일 때,
그 자유로운 끝을 향하여
움직이지 않고 마주 설 뿐이다*.

오직 죽은 자만이
현세에서 우리의 **귀에** 들린 샘물을 마신다,
신이 죽은 자에게 말없이 손짓하면.

우리에게 제공되는 것은 시끄러움뿐이다.
그러나 양은 그의 방울을 간구한다,
말 없는 본능에서*.

XVII

어느 곳에서, 늘 복되게 물 뿌린 어느 정원에서, 어느
나무에서, 부드럽게 잎이 진 어느 꽃받침에서
낯선 위안의 열매들*이 익고 있는가? 이
귀한 열매들, 그 열매 하나를 어쩌면 네가

네 가난의 짓밟힌 풀밭에서 찾아낸다면, 번번이 너는
놀라겠지, 그 열매의 크기에,
그 온존함, 그 껍질의 부드러움에,
그리고 경솔한 새나 저 아래 질투하는 벌레가

먼저 채 가지 않았음에. 그런 나무들이 정말 있을까, 천사들이
　날아오고,
숨은 정원사들이 천천히 그토록 묘하게 가꾸어,
우리 것이 아니면서도 우리를 달고 있는 나무들이?

그림자요 도식(圖式)*인 우리는 한 번도,
서둘러 익었다가 다시 시드는 태도로
저 느긋한 여름의 무관심을 교란시키지 못했는가?

XVIII*

무희여, 오 너는 모든
사라짐을 걸음으로 옮김: 어떻게 그 일을 헌정*했는가.
그리고 그 마무리 회전, 움직임으로 된 이 나무가,
조달된 한 해*를 온전히 소유하지 않았는가?

처음부터 너의 춤사위가 열렬히 숭배하도록,
우듬지에 갑자기 고요의 꽃이 피지 않았는가? 그리고 그 위,
그것은 태양이 아니었던가, 여름이 아니었던가, 그 따뜻함,
너에게서 나온 이 수많은 온기가 아니었던가?

그러나 열매도 맺었다, 열매를, 너의 엑스터시의 나무가.
원숙해 가며 줄이 쳐진 항아리, 그리고 더욱 원숙한 꽃병*,
그것들이 그 나무의 조용한 열매가 아닌가?

그리고 그림들 속에: 그 스케치가 남지 않았는가?
네 눈썹의 짙은 선을
빠르게 자신의 회전 벽면에 그려 넣은 그것.

XIX

황금은 비위를 맞추는 은행 어딘가에 살면서
수천 명과 친밀하게 지낸다. 그러나 저
장님, 그 걸인은 십 전짜리 동전에게조차
버려진 장소, 장롱 밑의 먼지 낀 구석 같다.

돈은 늘어선 상점 안에 집처럼 들어앉아
비단과 패랭이꽃과 모피로 화사하게 변장하고 있다.
그는 침묵하는 자로 서 있다, 자나 깨나
숨 쉬는 모든 돈이 숨 돌리는 사이에.

오 어찌 밤엔들 접을 수 있으랴, 언제나 벌려 있는 이 손˚.
내일이면 다시 운명이 가져가, 날마다
내밀게 하는 것을: 밝고, 비참하고, 끝없이 파괴할 수 있게.

그러나 누군가, 어느 관찰자가, 마침내 그 오랜 존속에
놀라 이해하고 찬미하리라. 오직 찬미자가 말할 수 있고,
오직 신적인 존재가 들을 수 있으리라.

XX

별과 별 사이는, 참으로 멀다; 그래도, 얼마나 더 먼가,
사람들이 현세에서 배우는 것은.
한 사람, 이를테면 한 어린이와…… 다음 사람, 두 번째 사람은—,
오 상상할 수도 없이 멀리 떨어져 있다.

운명, 그것은 우리를 존재자의 뼘*으로 잴지 모른다,
그래서 운명이 우리의 눈에 낯선 게다.
생각해 보라, 소녀에게서 사나이까지만 해도 몇 뼘이나 되는지,
소녀가 그를 피하면서도 사모할 때면.

모든 것이 멀다—, 그리고 고리는 어디에서도 맺어지지 않는다.
보라, 유쾌하게 차려진 식탁 위 그릇 속에 담긴,
생선의 얼굴*이 기묘하지 않은가.

생선은 말이 없다고……, 한때 사람들은 생각했지만, 누가 알겠
  는가?
그러나 마침내 어느 한 장소 있지 않을까? 사람이, 생선의
말일 수도 있는 것을, 생선 **없이도** 말하는 곳이.

XXI

노래하라, 내 마음이여, 네가 모르는 정원들을. 마치 유리 속에
부어 넣은 정원들처럼, 맑고, 다다를 수 없는.
이스파한'이나 시라즈'의 물과 장미,
그것들을 복되게 노래하라, 찬미하라, 어느 것에도 비할 수 없이.

보여라, 내 마음이여, 네가 결코 그것들을 아쉬워하지 않음을.
그것들이 너를 사랑하고 있음을. 그 성숙한 무화과 열매들.
네가 꽃피는 가지들 사이에서
얼굴까지 올라온 듯한 그 향기와 노닐고 있음을.

이미 내려진 결단. 존재하리라는 결단에
아쉬움이 있으리라는 착각은 피하라!
명주실이여, 그대는 직물 안으로 들어왔다.

네가 마음속으로는 어느 형상과 하나가 되었더라도
(그것이 삶의 한 순간 고통일지라도),
느껴라, 그 완전한, 명예로운 양탄자가 될 것임을.

XXII

오 운명에도 불구하고˙: 멋지게 넘쳐 나는
우리의 현존재, 공원 안에 가득 찼다, —
또는 발코니 아래 높은 정문
머릿돌 옆 석상으로 우뚝 선 남자들!

오, 날마다 무딘 일상에 맞서
공이를 치켜드는 청동의 종(鍾)이여.
또는 **그 기둥 하나**, 카르나크 신전의 기둥,
거의 영원한 신전보다 오래 남을.

오늘날엔 과잉이, 똑같은 것이련만˙,
서두름으로 급히 지나쳐 갈 뿐이다, 수평의 노란색˙
낮에서 나와 눈부시게 불빛으로 과장된 밤으로.

그러나 질주는 사라지고 자취도 남기지 않는다.
허공을 통과한 비행의 곡선과, 그 곡선이 지난 허공은,
어느 것도 헛되지 않으리라. 그러나 생각뿐일 듯.

XXIII[9]

끊임없이 너에게 저항하는
너의 시간에 나를 불러 다오.
마치 간청하듯 가까우면서도,
네가 마침내 이해했다고 여기는 순간,

언제나 돌려 버리는 개의 얼굴*처럼.
그렇게 빼앗긴 것은 대개 너의 것.
우리는 자유롭다. 처음엔 환영받았다고,
여겼던 그곳에서 우리는 풀려났다.

근심스럽게 우리는 의지처를 요구한다,
옛것을 위해서는 너무 어리고
아직 없었던 것을 위해서는 너무 늦은 우리.

우리가 정당한 것은 오직 그래도* 찬미할 때뿐이다,
왜냐하면, 아하, 우리는 나뭇가지이며, 쇠톱이고*
익어 가는 위험의 단맛이기에.

---

9 독자에게

XXIV

오, 이 쾌락이여, 부드럽게 풀린 진흙'에서 나와, 언제나 새롭구나!
거의 아무도 최초의 모험가들을 돕지 않았다.
그래도 축복받은 만(灣)을 끼고 도시들은 세워졌고',
그래도 물과 기름이 항아리들을 채웠다.

여러 신, 우리는 그들을 비로소 대담한 구상 속에 계획하고',
무뚝뚝한 운명이 다시 그들을 파괴한다.
그러나 그들은 불멸의 존재들이다. 보라, 우리는
마지막에 우리의 청을 들어주는 자에게 귀를 기울일 수 있다'.

우리는 수천 년을 이어 온 족속, 어머니들이며 아버지들이다,
미래의 어린이로 점점 가득해져서,
언젠가는 그 어린이가 우리를, 뛰어넘고, 충격을 주리라, 나중에.

우리가, 무한한 모험의 결과인 우리가 무슨 시간이 있겠는가!
우리가 무엇인지를 아는 말 없는 죽음만이
우리에게 빌려줄 때, 무엇을 얻는지를 안다.

XXV[10]

벌써, 귀 기울여 보라, 들리지 않는가, 첫 갈퀴의
작업 소리; 강력한 이른 봄 흙의
절제된 고요 속에 다시 들리는
인간의 박자. 오는 봄을

너는 아직 맛보지 않은 것으로 여긴다. 그렇게 자주
너에게 이미 왔었던 봄이 너에게는
다시 새봄인 양하다. 늘 바랐지만,
결코 네가 봄을 얻은 것은 아니다. 봄이 너를 얻은 것.

겨울을 난 떡갈나무의 잎들조차
저녁이면 미래의 갈색으로 빛난다.
때때로 바람이 신호를 보내고.

덤불은 검다. 그러나 거름 더미들은
더 찰진 검은색으로 풀밭에 쌓여 있다.
지나가는 시간마다 젊어진다.

---

10 「제1부」 스물한 번째 소네트에 나오는 어린이의 봄노래와 짝을 이루는 소네트

XXVI

새의 울음*은 우리를 얼마나 사로잡는가……
언젠가 한 번 창조된 외침 소리.
그러나 아이들만 해도 벌써, 밖에서 놀며,
진짜 외침을 비켜 소리 지른다.

우연을 향한 외침. 현세의, 우주 공간의
중간 공간들 안으로, (사람들이 꿈속에 들 듯
그 신성한 새의 외침이 들어가는 ―)
아이들은 악을 쓰며 쐐기를 박는다.

괴롭다, 우리는 어느 곳에 존재하는가? 점점 더 제멋대로,
끈 떨어진 연처럼
어중간한 높이에서 우리는 달려간다, 웃음 자락을 안고,

온통 찢어져 나풀대는, ― 소리 지르는 자들을 정돈하라*,
노래하는 신이여! 그들이 귀 기울이며 깨어나도록,
물결 되어 머리와 칠현금을 떠받들며*.

XXVII

파괴하는 시간은 정말 존재하는가?
언제, 평온한 산 위에서, 성(城)을 시간이 무너뜨리나?
한없이 신들에게 속해 있는 이 마음을,
언제 데미우르고스'는 겁탈하나?

우리는 정말 그토록 불안스레 허약한 존재일까,
운명이 우리에게 믿게 하려는 것처럼?
어린 시절은, 그렇게 깊고 유망한데,
뿌리 안에서 — 나중에 — 조용할까?

아하, 덧없음의 유령,
순진하게 받아들이는 사람을 통과해
그것은 마치 연기처럼 지나간다.

우리, 떠도는 존재인 우리는,
그래도 머무는 힘들이 있는 곳에서는
신들의 관습'으로 통한다.

XXVIII[11]

오, 오라, 그리고 가라. 아직 아이에 가까운 너, 보완하라
한 순간 춤의 형상을, 하여
저 춤들의 순수한 별자리 하나가 되도록,
그 안에서 우리는 무디게 질서 잡는 자연을

덧없이 능가한다*. 자연은 온전히 듣고만 있었기에
오르페우스가 노래를 불렀을 때.
너는 그때부터 감동한 사람, 그래서
조금 미심쩍어 했지, 한 그루 나무*가 오랫동안

너와 함께 청각을 따라갈까 고민할 때.
너는 알고 있었다, 칠현금이
울리며 일어선 자리를 ─, 그 듣도 보도 못한 중심.

그것을 위하여 너는 아름다운 걸음걸이를 시도했다
그리고 희망했다. 한 번쯤 친구*의 그
구원의 축제를 위하여 발걸음과 얼굴을 돌리기를.

---

11 베라에게

XXIX^{12•}

여러 아득함'의 말 없는 친구여, 느껴라,
너의 호흡이 또한 공간을 늘리고 있음을.
어두운 종각 그 안에서
너 자신을 울리게 하라. 너의 기운을 빼는 것이,

너를 섭취하여 강한 무엇이 되리니.
변용으로써 나아가고 들어오라.
너의 가장 아픈 경험이 무엇이냐?
술맛이 쓰다면, 너 자신이 술이 되어라.

이 넘치는 밤에
마술의 힘이 되어라, 네 마음의 십자로에서,
그 야릇한 만남의 뜻이 되어라.

그리고 지상의 사물이 너를 잊었거든,
조용한 땅에 대고 말하라, 나는 흐른다고.
빠른 물살에 대고는 말하라, 나는 있다고.

---

12 베라의 한 친구에게

『두이노의 비가』 부록

1)『두이노의 비가』단장(斷章)˙

출현

무엇이, 오늘, 너를 뒤로 밀었느냐
불안하게 바람 부는 정원에서?
햇볕의 소나기가
방금도 지나간 그곳. 보라,
그 뒤로 초록빛이 얼마나 진지해지는가.
오라, 나도 너처럼
나무들의 무게쯤 무시할 수 있으리라.
(나무 한 그루 부러져 길 위로 쓰러져도
들어 올릴 남자들 불러야 하리라. 무엇이
이 세상에서 그처럼 무거운가?)
수많은 돌계단을
너는 또박또박 걸어 내려왔고, 나는 그 소리 들었다.
현세에서 너는 다시 소리 내지 않는다.
나는 청각 속에 혼자다,
나 혼자 바람과 더불어…… 홀연히
한 마리 나이팅게일이 우뚝 솟아오른다,
보호된 관목 숲속에서.
들어 봐라, 공기 중에, 어떤 소리가 나는지,
아주 몰락했거나 아직 끝나지 않았거나. 너는,
너는 나와 함께 그 소리를 듣고 있다 ─ 너는

혹시 지금도 우리에게 등을 돌린
그 목소리의 이면에 마음 빼앗기고 있느냐?

....

(끊어진 목걸이)

진주알들이 떨어져 구른다. 괴롭다, 끈 하나가 끊어졌나?
허나 그것들을 다시 줄에 꿴들 무슨 소용인가? 네가 없으니,
그것들을 잡아 둘 강력한 잠금장치, 연인이여.

때가 되지 않았던가? 새벽이 일출을 기다리듯
나는 너를 기다렸다, 밤을 꼬박 새워 창백한 얼굴로.
등장인물 많은 연극처럼 나는 큰 얼굴을 그린다.
네가 중간에 드높이 등장할 때
아무것도 놓치지 않으려고. 오, 만(灣)이 넓은 바다를 바라듯,
그리고 우뚝 솟은 등대로부터
불빛 밝은 공간들이 던져지듯; 마치 사막의 하상(河床)에
순수한 산맥으로부터, 더욱 장엄하게, 비가 쏟아져 내리듯이 ―
마치 수감자가, 꼿꼿이 서서, 어느 별의 응답을
고대하듯이, 그의 죄 없는 창문 안으로 그 응답 들어오기를,
마치 어떤 사람이 내던진
온기 남은 목발 누군가 제단에 걸어 놓아,
기적 없이는 그 목발 놓여 있는 곳 오르지 못하듯이:
보라, 네가 오지 않으면 나는 한사코 몸부림치겠다.

너만을 바랄 뿐. 포장(鋪裝)의 틈은,

빈약하게나마 풀싹이 올라오는 것을 느낄 때, 온전한
봄을 원치 말아야 하는가? 보라, 대지의 봄이
달은 필요치 않다. 달빛 영상이 마을 웅덩이에
비친다 한들, 낯선 별자리의 위대한 출현인 것을. 어떻게
사소한 일이라도 일어날 수 있으랴, 미래의 충만함,
모든 완수(完數)의 시간이 우리를 마주 향해 움직이지 않는다면?

너는 결국 그 시간 안에 들어 있지 않는가, 말할 수 없는 존재여?
   조금 더 있다간
나는 너를 더는 견디지 못하리라. 나도 늙어 가거나 아니면
어린아이들에게 밀려 꺼지고 말리라……

스페인 삼부작

〈 I 〉

방금까지도 보이던 별을
거칠게 가린 이 구름에서 ― (그리고 나에게서),
지금 밤을, 밤바람을 잠시 맞고 있는
저 건너 산등성이에서, ― (그리고 나에게서),
찢어진 하늘 빈 공간의 빛을
담고 있는 골짜기 사이 평지의 강에서 ― (그리고 나에게서);
나에게서 그리고 그 모든 것에서 단 하나의 사물을
만들기, 주여, 나에게서 그리고
양 떼가 우리 안으로 돌아와
세상이 더 이상 존재하지 않는 크고 어두운 사실을
숨 내쉬며 받아들이는 그런 감정에서 ―, 나에게서 그리고
수많은 집의 어둠 속에 있는 모든 빛에서, 주여:
하나의 사물을 만들기: 낯선 사람들에게서,
내가 아는 사람이 없기에, 주여, 그리고 나에게서, 나에게서
하나의 사물을 만들기; 잠자는 사람들,
요양병원에 있는 낯선 늙은 남자들에게서,
그토록 낯선 가슴에 안긴 잠에 취한 어린아이들에게서
수많은 불확실한 것과 그리고 언제나 나에게서,

오직 나에게서 그리고 내가 모르는 것에서
하나의 사물을 만들기, 주여, 주여, 주여, 그 사물은
운석(隕石)처럼 우주적이고 현세의 것이어서
그 무게 안에는 비행(飛行)의 합계만을
합산하여, 도착 이외에 무게가 없는 것을.

〈II〉

왜 낯선 사물들을
받아들이러 가야 하는가? 마치 짐꾼이
남의 물건으로 점점 채워지는 장바구니를
가게에서 가게로 들고 다니며 따라가면서
묻지도 못하듯이: 주인님, 잔치는 왜 하십니까?

왜 양치기처럼 서 있어야 하는가?
과도한 영향에 온몸을 맡긴 채
사건이 많은 이 공간에 들어와
풍경 속의 나무에 기대어
아무 행동 없이도 운명을 맞을 것처럼.
그리고 너무 크게 뜬 그의 시선 속에는
조용하게 온순한 양 떼는 없다. 그는
우주밖에 가진 것이 없다. 매번 치어다봐도 우주요,

내려다봐도 우주다. 다른 이들에겐
기꺼이 소유가 될 것이지만 그에겐 불쾌하게 음악처럼
핏속으로 맹목적으로 밀고 들어왔다가 사라진다.

거기 그는 밤마다 서 있다, 그리고 저 바깥에서 들리는
새의 외침을 이미 그의 현존재 안에 지니고 있으며
용감한 느낌이 된다. 왜냐하면 그는 전체 별들을
그의 얼굴 안에 받아들이기 때문이다, 무겁게 ─, 오, 그러나
연인에게 이 밤을 준비하는 남자처럼
그가 느낀 하늘로 그녀의 기분을 맞춰 주는 것은 아니다.

〈III〉

내가 또다시 도시의 혼잡과
뒤엉킨 소음 뭉치, 그리고
자동차의 혼란에 둘러싸이면, 혼자서,
저 빽빽한 톱니바퀴 위로
하늘이 기억났다, 그리고 저 건너편에서 양 떼가
집으로 돌아오며 밟은 산등성이 흙길도.
내 마음 돌같이 되면
양치기의 일상도 가능해 보이리라.
유유히 걸어가며 햇볕에 그을리고, 돌팔매를 겨냥하여

흩어지는 양들을 가지런히 몰고 가는 양치기.
느린 걸음걸이는 가볍지 않고, 생각에 잠긴 몸이지만
서 있을 때 그는 멋지다. 어떤 신이
이 자태 속으로 숨어들더라도 더 작아지지는 않으리라.
그는 머물렀다가 또 간다, 하루 자체가 그렇듯이.
그리고 구름의 그림자들이
그를 뚫고 지나간다, 마치 공간이
그를 위해 생각하기라도 하듯이.

누구든 너희를 위하는 자 그와 같아라. 흔들리는 머리맡 촛불을
등갓 속에 넣듯이, 나는 그의 내면에 나를 넣는다.
불빛은 안정되고, 죽음은
더 순수하게 옳은 길을 찾으리라.

천사에게

강하고 고요한, 가장자리에 세워진
촛대여: 위로는 밤이 분명해지는데
우리는 스스로 소진한다, 불 밝히지 않은
당신의 아래 부분, 그 망설임 속에서.

우리는 출구를 모른다는 것,
안쪽은 미로이건만.
당신은 우리의 장애물 위에 나타나
그것들을 높은 산처럼 붉게 비춘다.

당신의 욕망은 우리의 영역 위에 있다.
그래서 우리는 그 찌꺼기도 거의 모른다.
춘분의 순수한 밤처럼
당신은 낮과 낮 사이를 가르며 서 있다.

누가 당신에게 흘려 넣어 줄 수 있겠는가,
우리를 남몰래 슬프게 하는 약물을?
당신은 모든 위대한 것의 화려함을 가졌지만
우리는 아주 작은 것에 익숙하다.

우리가 울 때는 오직 감동을 받았기 때문이다.
우리가 바라볼 때도 겨우 깨어 있을 뿐이다.
우리의 미소도 그다지 유혹적이지 않다.
유혹한들 누가 그것을 따르겠는가?

어느 누가. 천사여, 내가 탄식하는가, 내가 탄식하는가?
그러나 나의 탄식은 어떠한 것일까?
아아, 나는 소리친다, 두 나무토막을 두드리며.
그래도 누가 들어주기를 바라는 것은 아니다.

내가 소란을 피워도, 당신에게서는 더 큰소리 나지 않는다,
내가 **존재하는** 까닭으로 당신이 나를 느끼지 않는다면.
빛나라, 빛나라! 나를 더 잘 보이도록 하라,
저 별들 사이에서. 나는 사라져 가고 있으니.

(밤의 단상)

강력한 밤에 맞서 그토록 쥐어짜며
사람들은 목소리를 웃음소리로 내던지건만,
그 웃음 불쏘시개도 못 된다. 오, 저항하는 세상
온통 거부뿐이다. 그래도 우주 공간을 호흡한다,
별들이 지나가는. 보라, 이 우주 공간은,
그럴 필요야 없지만, 생소한
간격에 헌신하여 과도한
원거리에서 소요할 수도 있다, 우리를 떠나.
그런데 이제는 황송하게도 우리의 얼굴에 다가온다,
마치 연인들이 우러러보듯이. 우리 앞에
활짝 펼치고 어쩌면 우리에게 흩어 놓을지도 몰라,
그 현존재를. 그러나 우리는 그럴 만한 가치가 없네.
어쩌면 천사들에게서 약간의 힘이 떨어져 나와
별하늘이 양보하여 우리를 향해 기울고
우리를 저 불투명한 운명 안으로 밀어 넣을지도 몰라.
헛일이지. 누가 그것을 알아채겠는가? 그리고 누군가
그것을 바란다 한들: 누가 저 밤의 공간에
이마를 기댈 수 있으랴, 제 집의 창문에 기대듯이?
누가 이것을 부인하지 않았는가? 뉘라서
이 천부의 요소 안에

거짓되고, 불량한, 모조품으로 만든 밤들을
끌어들여 그것으로 만족하지 않았으랴?
우리는 신들을 부패한 쓰레기 주변에 서 있게 한다.
신들은 유혹하지 않기에. 그들이 가진 것은 현존재,
오직 현존재뿐, 넘치는 현존재를 소유했으나,
냄새도 없고, 손짓도 없다. 그토록 말 없는 것도 없다
신의 입처럼. 한 마리 백조같이 아름답게
밑바닥 없는 영원의 표면 위에서.
신은 그렇게 움직이고, 자맥질해 가며 자기의 흰색을 보호한다.

모든 것이 유혹한다. 작은 새조차도
잎이 무성한 순수한 가지에 앉아 우리를 강요한다.
꽃은 공간도 지니지 않고 이쪽으로 밀려온다.
바람은 또 무슨 짓인들 못할까? 오직 신만이
하나의 기둥처럼, 지나가게 놔둔다.
받쳐 든 저 높은 곳에서 양쪽으로 나눠 주며,
무관심의 가벼운 아치를.

(별이 빛나는 밤)

흐드러진 별들이 넘쳐흐르는 하늘이
걱정 근심 위로 찬란하다. 베개에 얼굴을 파묻지 말고
하늘 보고 울어라. 여기, 우는 사람에게 벌써,
죽어 가는 얼굴 위에,
점점 퍼져 가며, 매혹적인
우주 공간이 시작된다. 누가 끊는가?
네가 그곳으로 달려들 때,
그 흐름을? 아무도 아니다. 물론
네 뒤를 따라오는 저 별들의
엄청난 방향과 네가 느닷없이 씨름할 수 있겠지. 들이마셔라.
대지의 어둠을 들이마시고 다시
올려다보라! 다시. 가볍고 표정 없이
저 위로부터 깊이가 너에게 기댄다. 저 긴장 풀린
밤을 품은 얼굴이 네 얼굴에 공간을 준다.

나르키소스

이것이다: 이것이 나에게서 나와
공기 중에 그리고 숲의 감정 속에 용해된다,
나를 가볍게 빠져나와 더 이상 내 것이 아니다.
어떤 적과도 부딪치지 않으니 밝게 빛난다.

이것은 끊임없이 나에게서 떠나간다.
나는 떠나지 않겠다, 나는 기다린다, 나는 머무른다;
그러나 내 모든 경계는 바쁘기에
밖으로 뛰쳐나가 벌써 저기에 있다.

그리고 잠에서조차. 아무것도 우리를 충분히 묶어 놓지 못한다
내 안의 온순한 중심, 연약함으로 충만한 씨앗,
그것은 제 과육(果肉)도 붙잡지 않는다. 도주, 오 비상(飛翔)이다,
내 외면의 모든 자리로부터.

저곳에서 형성되는 것, 분명 나를 닮은 것,
그리고 눈물 자국 속에 떨며 위로 올라오는 것,
그것은 어쩌면 그렇게 한 여자의
내면에서 생성될지도 모른다.

그것을 좇아 얼마나 그녀 안으로 들어가려고 애썼던가.
이제 그것은 드러난 채 무관심하고
방심한 물속에 들어 있다. 그래서 나는 오랫동안 그것을
경탄할 수 있다, 장미 화관을 쓰고.

저기서 그것은 사랑받지 못한다. 저 아래 물속에는
아무것도 없다, 성급한 돌들의 무관심뿐.
그리고 나는 볼 수 있다, 내가 얼마나 슬픈지를.
이것이 그녀가 눈으로 본 나의 모습인가?

그것은 그녀의 꿈속에서 일어나 이리로 와서
달콤한 공포가 되었는가? 나는 벌써 그녀의 공포를 느끼는 듯하다.
과연, 내가 어떻게 내 시선 속의 나를 잃겠는가?
나는 생각할 수 있겠다, 내가 치명적임을.

그리스도의 지옥행

마침내 망가져서, 그의 존재는 끔찍한
고통의 육신을 벗어났다. 저 위에서는 그를 놓아주었다.
그리고 어둠은 홀로 두려워하여
그 창백한 사람을 향해
박쥐들을 던졌다. ─아직도 저녁이면
박쥐들의 날갯짓에 흔들린다, 그 차디차게 식은 고통에
부딪칠까 두려워. 안절부절못하는 어두운 공기는
그 시체에게서 용기를 잃었다. 그리고 강한
깨어 있는 밤의 짐승들의 내면에는 둔하고 불쾌한 감정이 들어
  있었다.
어쩌면 그의 해방된 정신이 풍경 속에서 기다릴 생각이었는지
  도 모른다,
아무 행동도 하지 않고. 그의 수난의 사건이
아직 충분했으므로. 그에게는
밤에 서 있는 것이 사물들에게 잘 어울리는 것처럼 보였다.
그래서 그는 마치 슬픈 공간처럼 그 위로 번져 나갔다.
그러나 땅은, 그의 상처의 갈증으로 메마른,
그 땅은 갈라졌다, 그리고 저 심연에서 외치는 소리가 들렸다.
그는, 고문을 경험한 그는 들었다, 지옥이
울부짖는 소리를. 그의 완성된 고난의

의식을 갈구하며. (무한한) 그의 고난의 끝에

그들의, 지속적인 고통이 놀라게 할 것임을 예감하기에.

그는, 정신은 기진맥진한 무게 전체로

지옥 속으로 곤두박질쳤다. 급히 서두는 사람처럼 걸어갔다,

즐겁게 구경하는 그림자들이 낯설게 쳐다보는 가운데로.

아담 쪽을 올려다보고, 급히,

서둘러 내려가서, 사라졌다, 들짐승들의 곤두박질 속에

나타났다가 사라졌다. 갑자기 (더 높이, 더 높이)

넘쳐 오르는 울부짖음 한가운데 위로,

그의 길고 긴 인내의 탑 위로 그는 나타났다. 숨도 쉬지 않고,

서 있었다, 난간도 없이, 고통의 소유자.

그는 침묵했다.

비둘기

오, 뱃머리의 부드러운 잿빛 어스름,
신호등이 켜지면 없어지는 감각처럼
약한 사랑의 제물로부터 올라오는
연기를 통해 본 붉은색.

가득 채운 헌금의 만족한 형식,
활짝 벌린 두 손에 맞추어,
어깨 꼭대기까지 가득 찬 그릇,
거기서부터 시선과 커브와 대조.

목에 찍힌 손가락 자국,
사제들이 잡을 때 쓰는 익숙한 손잡이.
바로 그 옆에는 아무런 보호도 없는 목덜미
산의 본성에 의한 듯, 안정되었거니.

（음악의 분노）

나를 넘어뜨려라, 음악이여, 리드미컬한 분노로!
심장 바로 앞에 쳐든 높은 비난,
그다지 설렐 줄도 모르고, 아끼기만 한다고. 내 심장이여, 여기
너의 훌륭한 모습을 보라. 너는 거의 언제나 만족하지 않느냐,
별로 떨리지 않는 것에? 허나 아치형 천장은 기다린다.
저 꼭대기에서, 오르간 소리 쇄도하는 그것들을 네가 느끼기를.
너는 낯선 연인의 억제된 얼굴에서 무엇을 그리워하느냐?
세상 심판을 시작하는 천사의 나팔 소리처럼
울리는 폭풍을 내쉬는 숨을 너의 동경도 갖고 있지 않은가?
오, 그것도 그렇지 않다, 어디에도, 태어나지 않는다,
네가 말라죽도록 아쉬워하는 것은……

(죄 없는 나무들 뒤에서)

죄 없는 나무들 뒤에서
천천히 옛날의 재앙이
그 침묵의 얼굴을 만들어 가고 있다.
그 안으로 주름진다…….
이곳에서 새 한 마리 놀라 소리 지르는 것이,
저곳에서는 고통의 움직임으로
가혹한 예언자의 입에서 튀어 오른다.

오 그리고 곧 사랑하게 될 사람들은
서로 미소 짓는다, 아직 이별을 모르고,
그들의 위로 아래로
그들의 운명이 별자리처럼 활동하고 있다,
밤마다 감격하여.
그것을 그들이 체험하기엔 아직 이르다,
아직 그 운명은 거주하고 있다
천상의 운행 속에서 떠돌며,
가벼운 형상으로.

과부

자식들은 그녀에게 텅 빈 모습으로 서 있다. 첫 잎새를 뺏기고
그녀를 마음에 들어 하는,
공포가 낳은 자식들처럼. 그녀는 깍지 낀 두 손을 잡아
아프게 구멍이 나도록 머리를 움켜쥐었다.
그녀가 벌판의 돌덩이라면 거기 함께 흘러가리라
큰 비가 사람들의 생각보다 더 깨끗하게,
그리고 새들이 그 물 마시리…… 오 자연이여,
어찌하여 너는 이 우묵한 곳을 건너뛰었느냐
그러고도 인간들로부터 위안을 수집하느냐
그 비이성적인 형상 안에서

(빛의 어둠)

그때 내가 있었는지 — 또는 지금 있는지, 너는 걷고 있다
내 위를 지나가서, 빛에서 나온 무한한 어둠이여, 네가.
네가 우주 공간에 마련한 숭고한 존재를,
나는, 알아볼 수 없는 존재여, 깨어 있는 내 얼굴로 가져온다.

밤이여, 내가 너를 어떻게 보는지 알면 좋으련만,
나의 본질은 도움닫기 중에 다시 부드러워진다,
너에게 바짝 내던질 용기를 가지도록.
나는 도대체 알고 있는 걸까, 두 번 눈썹을 모으면
그런 올려보기의 물결에 빠지지 않기에 충분하다는 것을?

(밤의 단상)

질문하는 어린애를 이미 침묵으로 뚫고 들어갔던
예감된 경험으로부터 들어 올린 밤의 생각
천천히 너희를 올려다보며 생각하니, — 저 위, 위에서는
강력한 증거가 너희를 부드럽게 맞이하고 있구나.

너희가 존재한다는 사실은 긍정되었다. 이곳, 빽빽한 용기(容
　器) 안에서
밤은, 이미 존재하는 다른 밤들에 더해 남몰래 생겨나고 있다.
불현듯, 어떤 감정일까, 그 무한한 밤, 더 오래된 그 밤이
내가 발굴하는 내 안의 자매들 위로 몸을 굽혔다.

(저녁바람처럼)

마치 저녁바람이
　　　　　제초자의 어깨에 둘러멘 낫을 통과해 가듯이
천사도 따뜻하게
　　　　　고통받는 사람들의 죄 없는 상처를 통과해 간다.

몇 시간이나
　　　　　음울한 기수(騎手)의 곁을 지키며,
똑같은 걸음을 걷는다
　　　　　이름 없는 감정들처럼.

바닷가에 서 있는 탑처럼,
　　　　　영원히 지속되리라 생각하며
네가 느끼는 것은 그분이다,
　　　　　겉은 딱딱하나 속은 유연하여,

고난의 광석 안에서
　　　　　눌려진 눈물샘,
오랫동안 깨끗한 물로 흐르다가,
　　　　　자수정이 되기로 결심하여라.

(미리 잃어버린 연인)

너는 미리
잃어버린 연인, 결코 오지 않은 이,
나는 모른다, 어떤 음조를 네가 좋아할지.
더는 노력하지 않겠다, 물결쳐 오는 소식에서
너를 알아보려고. 내 안의 모든
위대한 형상, 먼 지역에서 경험한 풍경,
도시들, 탑들, 다리들, 그리고
느닷없이 꺾이던 길들,
그리고 한때는 신들이 속속들이 키워 준
나라들의 엄청난 유적들
이것들이 내 안에서, 사라지는 자여,
너의 의미로 차오른다.

아아, 너는 정원들이다.
아아, 나는 그것들을 바라보며
희망에 차 있었지. 어느 농가의
열려 있던 창문—, 너는 거의
생각에 잠겨 내게 다가왔었다. 나는 오솔길도 찾아냈다,
네가 방금 지나갔더구나.
상인들의 가게에 있는 거울들은 때때로

너의 모습에 흔들렸고 충격적으로 비치더구나,
너무나 갑작스런 나의 모습을. — 누가 알겠는가?
똑같은 새가 소리를 내며 우리를 통과해 날아갔을지,
어제, 따로따로, 저녁 시간에.

위대한 밤

나는 자주 너를 경탄하여, 어제부터 창가에 서 있었다,
서서 너를 놀란 눈으로 바라봤다. 아직도 새 도시는
나를 거부하는 듯했고, 설득되지 않은 풍경은
어두워졌다, 마치 내가 거기 없다는 듯이. 아주 가까운 사물조차
나를 이해시키려는 노력을 하지 않았다. 가로등 비추는 곳에
골목길이 눈에 확 띈다. 그것들은 내게 낯설게 보였다.
건너편 — 가로등 불빛 속에 환한 방 하나 함께 느낄 만하여
나는 벌써 관여했으나, 그걸 알고 그들은 덧문을 닫아 버렸다.
그대로 서 있자니, 한 어린애가 울었다. 나는 주변 집안의 어머
　니들을
알고 있었다, 그들이 무슨 일을 할 수 있는지 —, 나는 또 알고 있
　었다.
모든 울음에는 동시에 위로할 수 없는 이유가 있다는 것도
간혹 들리는 노랫소리는 어떤 기대를 품고
조금 멀리 나갔다. 아래층에서는
한 노인이 비난에 가득 차서 기침을 했다, 마치 그의 육신은
더 온화한 세상에 맞설 권리가 있다는 듯이. 그러고는 한 시 종
　이 울렸다 —.
나는 너무 늦게 시간을 쟀다, 시계 종소리는 나를 지나가 버렸다.—
마치 타지(他地)의 소년이 마침내 놀이에 낄 수 있게 되었으나

공을 받지도 못하고, 어떤 놀이도 할 수 없는 것처럼,
다른 아이들은 저들끼리 저리도 쉽게 놀건만.
나는 거기 서서 고개를 돌렸다. ― 어디로?: 나는 그냥 서 있었
    는데 갑자기
네가 나랑 교제하며 함께 놀고 있다는 것을 나는 이해했다. 성숙한
밤이여, 그리고 너를 놀라 바라봤다. 탑들이
우뚝 서 있는 그곳, 등 돌린 운명의
도시가 나를 둘러싸고 수수께끼 같은 산들이
나에게 맞서 있는 그곳, 그리고 가까워진 주변에서
굶주린 낯섦이 우연히 휘날리는
내 감정들의 불꽃을 둘러싸는 곳 ―: 거기였다, 너, 드높은 존재여
네가 나를 알고 있었다는 것은 너의 수치가 아니다. 너의 숨결이
내 위를 덮쳤다. 멀리 있는 진지한 이들에게 분배된
너의 미소가 내 안으로 들어왔다.

(밤을 맞이함)

나는 기다리고 있겠다. 작용하라. 넘어가라
네 능력껏 멀리. 너는 목동들의 얼굴을
더 크게 정렬하지 않았는가, 여왕들의 자궁 속에서
끊임없는 제왕의 원천과 미래의 용감성이
왕의 표정을 형성하는 것보다 크게? 뱃머리 장식들이
꿈쩍 않는 목각품의 경탄하는 목재 안에서
말없이 버티며 나가는 바다의 특징들을 맞이할 때면
오, 의지를 갖고 스스로를 열어젖히는, 느낄 줄 아는 사람이
어떻게 너를 닮지 않겠는가, 굽히지 않는 밤이여.

죽은 존 키츠의 초상(肖像)에 부쳐

이제는 진정(鎭定)된 찬미자의 얼굴로
탁 트인 지평선의 먼 거리가 다가온다.
그리하여 우리가 알 수 없는 고통은
그 희미한 소유자에게로 되돌아간다.

그리고 이 얼굴은 미동도 하지 않고, 고통을 바라보며,
가장 자유로운 형상을 이루어 낸다.
그리고 또 잠시, ─ 새로운 온화함 속에
생성 자체와 몰락을 멸시하며.

얼굴이라, 누구의? 그것은 더 이상
방금까지 동의한 관계들의 얼굴은 아니다.
오 눈이여, 그것은 더 이상 가장 아름다운 것을 강요하지 않는다
거부(拒否)된 삶의 사물들로부터.
오 노래들의 문턱이여,
오 영원히 포기한 젊음의 입이여.

그리고 오직 이마가 무엇인가를 지속적으로 짓고 있다,
덧없는 관계들로부터 저 너머로.
마치 그 이마가 피로해진 곱슬머리의 거짓을 벌주는 듯이,
정겹게 슬퍼하며 이마에 항복하는 곱슬머리.

(별의 관계)

가까운, 셀 수 있는 문자열(文字列)로부터, 책으로부터 시선을
 들어
완성된 밤을 내다보니.
오, 빽빽한 감정들이 별들처럼 흩어진다.
마치 저 위로
농부의 꽃다발을 엮기라도 하듯이.

가벼운 사람들의 어린 시절과 무거운 사람들의 기울어지는 흔
 들림,
그리고 다감한 사람들의 망설이는 뱃머리.
도처에 관계를 향한 욕망뿐, 어디에도 욕심은 없으니
세상은 너무 많고 대지는 충분하다.

전회

내면으로부터 위대함에 이르는 길은
희생을 통과해 간다.

　　　　　　카스너

그는 오랫동안 쳐다보느라 애썼다.
애써 올려다보는 시선 아래
별들도 무릎을 꿇었다.
또는 그가 무릎 꿇고 쳐다봤기에,
바로잡으려는 그의 향기가
어느 신을 피곤하게 만들어
자는 동안 그에게 미소를 보내는지.

그는 탑들을 그렇게 바라봐
탑들이 놀랐다.
다시 탑을 그쪽으로, 갑자기, 하나 속에!
허나 얼마나 자주, 낮으로부터
과부하 걸린 풍경이
휴식을 찾아 그의 말 없는 인식 안으로 들어가리, 저녁이면.

짐승들은 안심하고

그 개방된 시선 안으로 들어섰다, 풀 뜯는 짐승들.
그리고 잡혀 있는 사자들은 응시했다,
마치 이해할 수 없는 자유를 들여다보듯이.
새들은 똑바로 그 시선을 통과해 날아갔다.
그 기분 좋은 시선을. 꽃들은
그 시선을 다시 들여다보았다,
마치 어린이들을 들여다보듯이, 크게.

그리고 보는 자가 있다는 소문이
눈에 덜 띄는
의심스러운 자들을 동요시켰다.
여자들을.

얼마나 오래 관조하고 있는가?
얼마나 오래전부터 벌써 내면으로 덜어 내며
시선의 밑바닥에서 호소하고 있는가?

기다리는 자, 그가 낯선 곳에 앉아 있었을 때,
여관의 산만하고 방치된 방은
그의 주변에서 투덜대고, 기피한 거울 속에도
또 방이 있고,
나중에 고통스러운 침대로부터
또다시.

거기 허공중에서 의논이 있었다,
상상할 수 없는 의논이 있었다
느낄 수 있는 그의 심장에 대해서,
고통스럽게 충격받은 육신에 의해
그래도 느낄 수 있는 그의 심장에 대해
의논이 있었으며 판결이 내려졌다.
그 심장에는 사랑이 없다고.

(그리고 더 이상의 축복은 그에게 거부되었다.)

보라, 관조에는 한계가 있다.
그리고 더 잘 관조된 세상은
사랑 속에서 번성하고자 한다.

눈의 작업은 이루어졌으니
이제는 심장의 작업을 하라.
네 안의 형상들, 그 갇혀 있는 형상들로. 네가
그것들을 압도했으니까. 그러나 이제 너는 그것들을 모른다.
보라, 내면의 남자여, 너의 내면의 소녀를,
수천 가지의 자연에서
획득한 이것, 이제
비로소 획득하였으나,
아직까지 사랑받지 못한 피조물.

탄식

누구에게 하소연하겠는가, 심장이여? 점점 더 피하면서
너의 길은 이해할 수 없는 사람들 사이에서
힘들게 가고 있다. 어쩌면 점점 더 헛될지 모른다,
그 길 방향을 유지하고 있기에,
미래를 향한 방향을 유지하고 있기에,
가망 없는 미래를 향하여.

예전에. 너는 탄식했던가? 그것은 무엇이었나? 떨어진
환호의 딸기였는가, 덜 익은.
지금은 그러나 내 환호의 나무가 부러진다.
폭풍 속에서 부러지고 있다, 느리게 자라는
내 환호의 나무.
보이지 않는 내 풍경 안에서 가장 아름다운 존재
나를 알아볼 수 있게 만들었더니
천사들에게, 눈에 보이지 않는 천사들.

〈그녀들을 아는 사람은 죽어야 한다〉

(프리세 파피루스. 프타호텝의 격언 중에서,
기원전 2000년경의 필사본)

〈그녀들을 아는 사람은 죽어야 한다.〉 죽어야 한다
말할 수 없는 미소의 꽃 때문에. 죽어야 한다
그들의 가벼운 손 때문에. 죽어야 한다
여인들 때문에.

젊은이는 그 필멸의 존재들을 노래하리라,
그들이 높이 그의 심장 공간을 통과해
돌아다니면. 그의 꽃피는 가슴으로부터
그는 그들을 노래하리.
도달할 수 없는 존재들이여! 아하, 그들은 얼마나 낯선가.
그의 감정의
꼭대기 위로 그들은 솟아올라 퍼붓는다
달콤하게 변한 밤을
그의 쓸쓸한 품 안의 골짜기로. 그의 육체의 잎에서
그들이 올라가는 바람이 솨솨 소리를 낸다. 반짝반짝
그의 개울물들은 흘러가고.

허나 성인 남자는

더 큰 충격에 침묵하리라. 그는
길도 없이 밤을 그의 감정의
산속에서 헤매고 다녔기에
침묵하리라.

더 나이 많은 뱃사람은 침묵한다,
그리고 그 견뎌 낸
공포들이 그의 내면에서 마치 진동하는 우리 안에서처럼 움직
　이고 있다.

(세계내면공간)

거의 모든 사물이 느끼라는 신호를 보낸다.
굽이마다 바람이 불어오고 있다: 생각하라!
우리가 낯설게 지나간 어느 하루는
미래에 선물이 되자고 결심한다.

누가 우리의 수확을 계산하는가? 누가 우리를
지나간 옛 세월에서 떼어 놓는가?
우리가 태초부터 경험한 것이란
다른 것들과 하나임을 인식했을 뿐 아닌가?

우리에게 무관심한 것이 따뜻해질 뿐이 아닌가?
오 집이여, 오 비탈진 초원이여, 오 밤의 불빛이여,
느닷없이 너는 그것들을 얼굴 가까이 가져와
우리 곁에 서서 서로 얼싸안는구나.

모든 것을 하나의 공간이 통과한다.
세계내면공간. 새들은 조용히 난다
우리를 통과하여. 오, 성장하고 싶은 나,
나는 밖을 내다보고, 내 안에서는 나무가 자라고 있다.

내가 나를 염려할 때, 내 안에는 집이 있고
내가 나를 보호할 때, 내 안에 보호가 있다.
내가 애인이 되면 나에게 와서 머무는
아름다운 여성의 모습이 마음껏 운다.

(사랑의 풍경)

언제나 다시, 우리가 사랑의 풍경을 알든 모르든
그리고 탄식하는 이름을 지닌 작은 교회 뜰
그리고 다른 사람들이 죽어 가는 무섭게 침묵하는
골짜기를 알든 모르든: 언제나 다시 우리는 둘이서
나이 든 나무들 밑으로 나가, 언제나 다시
꽃들 사이에 잠자리를 꾸민다, 하늘 마주한 곳에.

사랑의 시작

오 미소여, 첫 미소, 우리의 미소여.
얼마나 그것은 하나였던가: 보리수의 향내를 맡고,
공원의 고요를 듣고 ─, 갑자기 서로의 품 안에서
쳐다보다가 놀라며 미소를 지었으니.

이 미소 속에 들어 있던 추억은
저 건너 잔디밭에서 뛰놀던
토끼. 이것은 미소의
어린 시절이었고, 더 진지하게 백조의
움직임이 미소 안에 들어갔다, 훗날 우리는
연못 속에 노니는 그 백조 보았지,
소리 없는 저녁의 ─ 그리고 우듬지의 테두리가
순수하고 자유롭고 벌써 다가올
밤의 하늘과 마주하여 이 미소에
테두리를 그었다. 그 황홀한
표정의 미래에 맞서.

모세의 죽음

오직 타락한 천사들만 원했던 음흉한 자
그 누구도 무기를 들고 치명적으로
그들 앞에 나서지 않았다. 허나 벌써 다시
그는 앞뒤로, 위아래로 칼을 휘두르며
하늘에 대고 소리쳤다: 나는 못 하겠다!

그래서 모세가 짙은 눈썹 사이로 느긋하게
그를 알아보고 계속 글을 썼다.
축복의 말과 무한한 이름을.
그의 눈은 힘의 근원까지 순수했다.

그리하여 주님께서, 천국의 절반을 대동하시고,
내려오셔서 몸소 잠자리를 만들고
그 노인을 눕히셨다. 그 정돈된 거실에서
그분은 영혼을 부르셨다, 일어나라! 그리고 이야기하셨다
많은 공통점을, 헤아릴 수 없는 우정을.

허나 결국 그 우정은 충분했다. 이제 충분하다는 것을
그 완성된 존재는 인정하셨다. 그때 그 늙으신
신께서는 노인에게 그분의 늙은

얼굴을 기울이셨다. 입을 맞추시며 그를 그에게서 꺼내
자신의 나이 안으로 받아들이셨다, 그 중년의 사내를. 그리고 창
　조의 손길로
산을 파묻어 버렸다. 오직 한 사람,
다시 창조된 자만 대지의 산 아래 있도록,
사람들은 모르게.

죽음

저기 죽음이 서 있다. 푸른빛 도는 탕약,
밑바닥 없는 잔에 담긴.
찻잔에 어울리지 않는 자리
어느 손등 위에 서 있다. 매끄러운 곡면에 아직은
떨어져 나간 손잡이가 보인다. 먼지투성이.
그리고 "희망"이라는 글자 하나 닳고 닳아
손잡이 굽이에 희미하게 남아 있다.

탕약을 마시도록 된 사람은 그것을
어느 먼 곳에서 아침을 먹으며 읽어 냈다.

마침내 독약으로 쫓아 버려야 할 사람들이란
도대체 어떤 존재들인가?

그렇지 않으면 그들은 남아 있을까? 그들은 과연 현세에서
장애물로 가득한 식사에 애착을 가지고 있는 것일까?
그들에게서는 가혹한 현재를
뽑아 버려야 한다. 마치 의치(義齒)를 뽑듯.
그러면 그들은 홍얼거리리라.   홍얼, 홍얼……
. . . .

오, 별의 낙하여.

언젠가 어느 다리 위에서 깨달은 것 ─ :

너를 잊지 않으리라고. 서 있으리라고!

(어린 시절)

그대로 두어라, 어린 시절이 있었음을. 이 이름 없는
천상의 충실함, 운명도 취소하지 않았다.
감옥에서 쓸쓸하게 죽어 가는 죄수조차
어린 시절은 남몰래 끝까지 보살핀다.
어린 시절은 때 없이 심장을 보존하기에.
환자까지도 그가 응시하고 이해할 때면, 그리고 치유할 수 있
  기에
방이 벌써 그에게 아무 답도 주지 않을 때면 ─ 치유할 수 있게
사물들이 그의 주변에 놓여 있다. 뜨겁게 열이 나며 함께 아픈
사물들은 그 버림받은 사람 주변에서 아직 치유할 수 있다. 타
   락한
자연 속에서도 어린 시절은
그 심장의 꽃밭을 순수하게 보존한다.

어린 시절이 해롭지 않다는 것은 아니다. 귀엽게 꾸미는 오류,
어린 시절에 매듭과 술 장식을 달아 덧없이 속이는 짓이었을 뿐.
어린 시절은 우리 자신보다 안전하지 않고, 더 보호받은 적이 없다.
어떤 신도 그 무게를 재지 않는다. 어린 시절은
우리처럼, 겨울철 짐승들처럼 보호가 없다.
더 무방비다, 어린 시절은 감출 줄 모르기에. 보호가 없으니

마치 어린 시절 자체가 위협인 듯하다. 보호 없기로는

화재처럼, 거인처럼, 독약처럼, 밤에 돌아다니는

것처럼, 의심스러운 집 안에서, 문은 걸어 잠근 채.

보호의 손길이 거짓임을 누가 모르겠는가?

보호하는 손길 ―, 그 자체가 위험한 것을. 누구에게 보호가 **허**

　락되었는가?

내가 할 수 있다!

　　　　　　　　　―어떤 나인가?

　　　　　　　　　나다. 어머니다, **내가 할 수 있다**. 나는 전생이었다.

대지가 나에게 위임했다. 대지는 씨앗을 가지고 그 일을 했다,

마치 그 씨앗 신성하다는 듯이. 오, 신뢰의 밤이여, 우리 둘은 비

　처럼 내렸다,

조용히 사월의 비처럼, 대지와 나는, 우리의 품 안으로.

더 남성적으로! 아아, 누가 너에게 증명하겠는가,

우리가 느낀 조화 일치를. 우주의 적막은 너에게

결코 알려지지 않을 것이다. 그것이 어떻게 한 성장을 둘러싸는

　지.―

어머니들의 용기. 수유(授乳)하는 여인의 목소리. 그러나!

네가 가리키는 것, 그것은 위험이다, 세상을 **전체적**으로

순전히 위험에 빠뜨리는 짓이다.―그러나 그것은 보호로 바뀐다,

네가 그것을 완전히 느낀다면. 내면의 천진성은

그녀의 내면에 중심처럼 서 있다. 공포를 **몰아내며**, 두려움 없이.

그러나 불안은! 그것은 인간적인 것이 만들어 내는
끝맺음 부분에 **틈이 있음**을 불시에 습득하게 된다. 통풍이
틈새로 들어온다. 거기 불안이 있다. 등쪽으로부터
불안은 놀고 있는 어린이를 스치고 지나가며
핏속으로 불화를 속닥거린다.—재빠른 의심들, 그것은
다만 일부분일지 모르나, 나중에는, 알게 되리라, 언제나
현존재의 어느 한 조각, 다섯 조각이라도, 한꺼번에
모두 묶을 수는 없는 것, 그리고 모든 것이 부서지기 쉽다.
그리고 그것은 벌써 갈라진다, 등뼈에서, 의지의
가녀린 회초리, 갈라지는 그것은 의심하는 가지로
유다의 선택의 나무에 걸려 있지만, 자라면서 나무가 되리니.

....

....

대련(對聯)

오, 너희 여인들이여, 이 세상을 돌아다니는구나,
이곳에서 우리와 더불어, 고통스럽게,
우리보다 더 보호받지 않아도
고인(故人)들처럼 복되게 만들 능력이 있으니.

어디에서
너희는 미래를 가져올 것이냐,
애인이 나타난다면?
여느 때보다 더 많은 미래를.
가장 먼 항성까지의
거리를 아는 사람은
이 별이 보이면 놀라리라,
그것은 너희의 화려한 심장 공간.
어떻게 그 빽빽한 공간을 남겨 두었느냐,
원천과 밤으로 가득한 너희여.

너희가 정말 같은 사람들이냐,
아직 어린아이였을 적에
투덜대며 학교 가는 길에서
오빠가 밀쳐 대곤 하던 너희냐?

너희, 신성한 존재들이여.

　　우리가 어린아이로 벌써
　　영원히 추한 모습으로 일그러질 때
　　너희는 소풍 가기 전의 빵과도 같았지.

어린 시절의 중단도
너희에겐 해가 되지 않았다. 대번에
너희는 거기 서 있었다. 마치 신 안에서
보완되어 갑자기 기적이 된 듯이.

　　우리는, 마치 산에서부터 그런 듯,
　　흔히 소년일 때 벌써 심하게
　　모서리가 깨졌고, 어쩌면
　　때때로 다행스럽게 다듬어지기도 한다.
　　우리는, 돌조각처럼,
　　꽃들 위로 쏟아졌다.

더 깊은 땅속 나라의 꽃들이여,
모든 뿌리의 사랑을 받는,
너희는 에우리디케의 자매들,
솟아오르는 남자들 뒤에서
언제나 신성한 전회(轉回)로 가득하다.

우리는, 스스로 낸 상처를 입고,
즐겨 괴롭히는 자로서　또 기꺼이
고난에 다시 상처받은 자가 된다.
우리는, 마치 무기처럼, 분노와 더불어
잠 옆에 눕혀져 있다.

너희는, 거의 보호와 같다, 아무도
보호하지 않는 곳에서. 너희를 생각하면
마치 새들이 깃드는 우거진 나무와 같다.
고독한 자의 열광이 쉴 곳.
[너희는, 모두가 눈 먼 곳에서,
일각수를 비춰 주는 거울!]

[오, 너희는 변치 말라!
불가사의한 존재로 남아라, 비록
힘들인 소명이
너희를 해명인으로 불러 세울지라도.
너희는 다른 존재들이다,
너희가 비슷한 일을 할 때조차.]

(추락하는 돌)

우리는, 괴로움에 씨름하는 밤마다,
가까움에서 가까움으로 떨어진다.
그리고 사랑하는 여인이 녹는 곳에서
우리는 추락하는 돌덩이다.

(밤)

많은 이에게 그것은 유리잔의 광채를
내면의 빛 안에 흡수하는 포도주와 같다. 우리는 추락하는 돌이다.
그것을 풀꽃처럼 들이마시는 사람들도 있지만
그것은 쫓기고 몰리어 그들로부터 사라진다.

그것은 은밀하게 많은 이의 청각을 새롭게 하여
청명한 자연의 그것을 상기시키는 모든 음을 높여 준다.
그것의 거주 공간만을 들어 아는 사람을
거부하는 듯이 보여도 그것은 아무도 멸시하지 않으리라.

그렇다, 그 문만, 그 아치, 갑자기 화환으로 장식된 것,
그렇다, 그 길만, 그 구부러진 곳에 대해서 사람들이
언제나 불 밝힌 집에 가기 전 마지막 굽이라고 하는 곳,
술 마시고 음식 먹은 심장들이

강하고 안전한 그 집. 그것들이 되고자 했던 존재가 되어
낮과 수확을 요구할 때
긴, 희망 없는 또는 울음으로
여러 밤으로부터 무서운 날갯짓을 펼친다.

그러면 저것은, 동경하는 자만 실행하는
눈에 보이지 않을 뿐, 편재하는 완전한 관계.
강하게 빛나는 그들의 심장들이
완전한 곡면을 지닌 밤의 세계를 싸고돈다.

2) 마리나 츠베타예바-에프론에게 보내는 비가*

마리나 츠베타예바-에프론에게

오, 우주 안으로의 상실, 마리나, 추락하는 별들!
우리가 늘리는 게 아니오, 우리가 어디로 우리를 던지든, 어느
별을 향해! 전체적으로는. 이미 모든 것이 헤아려졌어요.
그래서 또한, 누가 죽어도, 그 신성한 숫자는 줄지 않아요.
모든 단념하는 추락은 근원으로 떨어지고 치유해요.
모든 것이 하나의 도박이요, 같은 것의 교체, 자리 옮김이고,
어느 곳에도 이름 없고 친숙한 이익도 거의 찾아볼 수 없다면?
파도, 마리나, 우리는 바다! 깊이, 마리나, 우리는 하늘.
대지, 마리나, 우리는 대지, 우리는 수천 번 오는 봄, 종달새처럼,
터져 나오는 노래를 보이지 않는 곳으로 던지는 종달새.
우리가 그 노래를 환호로 시작하면, 그것은 벌써 우리를 완전히
  능가해요.
갑자기, 우리의 몸무게가 노래를 탄식으로 끌어내립니다.
그러나 그것 또한: 탄식이라고요? 그것은 아래로 향한 더 젊은
  환호가 아닐까요.
저 아래 신들도 찬양받으려고 해요, 마리나.
신들은 그렇게 죄가 없어요, 그들도 학생들처럼 칭찬을 기다립
  니다.
칭찬이요, 그대 사랑하는 이여, 우리 칭찬을 남김없이 씁시다.
우리 것은 아무것도 없어요. 우리는 잠시 손을 댈 뿐이오

부러지지 않은 꽃모가지 주변에. 나는 그것을 콤 옴보*의 나일
　　강가에서 봤어요.
그렇게 마리나, 왕들은, 스스로 포기하며, 헌금을 바친다오.
천사들이 걸어가며 구원해야 할 사람들의 문에 표시를 하듯이
그렇게 우리도 이것을, 연약해 보이는 이것을 만집시다.
아아, 벌써 사라진 자들은 얼마나 먼가요, 흩어진 사람들처럼,
　　마리나,
아무리 내밀한 구실이 있어도 말이오. 발신자, 그 이상은 아니죠.
이 조용한 일, 우리 같은 어느 한 사람이
더는 참지 못해 움켜쥐려고 할 때,
복수하고 죽이고 마는. 그것은 치명적인 힘이 있기에,
우리 모두 그 태도와 부드러움에서 눈치챘어요
그리고 우리 살아 있는 존재를 살아남은 존재로
만드는 그 이상한 힘에서, 비존재. 그대는 아시나요? 얼마나 자주
맹목적인 명령이 우리를 데리고 얼음처럼 찬 새로운 탄생의
전실(前室)을 통과했는지를…… 데리고 간 것이 **우리**일까요? 눈
　　(眼)으로 된 육체
수많은 눈까풀 아래 저항하던. 그것은
우리의 몸속으로 던져진 종족 전체의 심장이었어요. 철새의 목
　　표지로
그 맹목의 명령은 무리를 옮겨 갔어요. 그것은 우리의 떠도는
　　유랑의 모습.
사랑하는 사람들은, 마리나, 너무 그렇게 많은 것을

178

몰락에 관해 알면 안 될 것이에요, 아니, 안 됩니다. 새로운 듯해
야 해요.

비로소 그들의 무덤은 오래되었어요. 비로소 그들의 무덤은 자
각하지요,

흐느끼는 나무 아래 감춰진 채 언제부터이던가를 생각하는
거예요.

비로소 그들의 무덤이 무너져요: 그들 자신은 회초리처럼 유연
하지요;

회초리는 과도하게 구부리는 것을 둥근 화환으로 풍요롭게 마
무리하니까요. 오월의 바람 속에

흩날리는 그들을 봐요! 그대가 숨 쉬고 예감하는

그 '언제나'의 중심으로부터 순간은 그들을 제외해요.

(오, 내가 그대를 어떻게 파악하는지 알아요? 똑같은 불후의

관목에 핀 여성적 꽃이여. 나는 나를 강하게 밤바람 속에

날리고, 그 바람 곧바로 당신을 쓰다듬어요.) 예전에는 신들이
배웠죠,

절반을 가장하도록. 둥근 원에 연관된 우리는

달의 원반처럼 우리 자신을 전체가 되게 채웠어요.

달이 점점 작아지는 기간에도, 그 변화의 주간에도

우리를 다시 완전한 존재가 되게 도와줄 사람은 아무도 없고

오직 잠들지 않는 풍경 위를 홀로 스스로 가야 해요.

3) 훌레비츠에게 보내는 편지[*]

여기*에 대해서는 나 자신도 감히 뭐라고 말할 수 없습니다. 시 자체에서 많은 것을 해명해 볼 수는 있겠지만, 어떻게 해야 할지요. 어디서부터 시작해야 할까요? 그리고 내가 비가에 대한 올바른 해설을 내놓아도 괜찮은 사람인가요? 그것들은 한없이 나를 넘어서고 있습니다. 나는 그것들이 그 이전의 본질적인 전제들을 더욱 확대시킨 것이라고 봅니다. 그 전제들은 이미 『시도집』에 부여된 바 있고, 『신시집』과 『신시집 별권』에서 세계상을 유희적이고 시험적으로 사용했으며, 『말테의 수기』에서는 갈등 구조 안에 합쳐져 삶 속으로 되던져짐으로써 그렇게 심연에 걸린 삶은 불가능하다는 사실의 증거가 되기도 했습니다. 『두이노의 비가』에서는 똑같은 여건에서 다시 삶이 가능해집니다. 그렇습니다. 여기서는 삶이 저 궁극적인 **긍정**을 경험하게 됩니다. 젊은 말테는 "오랜 학습"이라는 올바르고 힘든 길을 가면서도 삶을 그쪽으로 이끌어 가지 못했습니다. **삶의 긍정**

과 죽음의 긍정은 하나라는 것이 『두이노의 비가』에서는 입증되고 있습니다. 여기서는 다른 편 없이 한 편만을 인정한다는 것은 결국 무한한 것을 모두 배제하는 하나의 제한임을 경험하고 칭송하게 합니다. 죽음은 우리에게 등을 돌린, 우리의 빛이 닿지 못한 **삶의** 한 면입니다. 우리는 **제한되지 않은 두 영역에** 거주하는 우리 현존재의 의식을 최대한 성취하도록 노력해야 합니다. 그것은 두 영역으로부터 다함없이 부양되고 있기에…… 진정한 삶의 형상은 두 영역에 걸쳐 있습니다. 가장 큰 순환의 피가 두 영역을 관통해 돌고 있습니다. **현세나 내세도 없고, 오직 위대한 통일이** 있을 뿐입니다. 그 안에는 우리를 능가하는 존재, '천사들'이 거주하고 있습니다. 그리고 사랑 문제라는 상황도 그렇게 더 큰 반쪽만큼 확대된 통일 안에서 비로소 **온전한,** 이제 비로소 **행복한 세상** 안에 있게 됩니다. 나는 『오르페우스에게 바치는 소네트』가 적어도 똑같이 '무겁고' 똑같은 본질로 가득한 『두이노의 비가』를 이해하는 데에 도움이 되지 않는다는 사실이 의아합니다. 『두이노의 비가』를 1912년 (두이노 성에서) 시작하여 스페인과 파리에서—부분적으로—계속 썼습니다. 그러나 전쟁은 이러한 나의 최대 작업을 완전히 중단시켰습니다. 내가 1922년 (이곳에서)* 다시 용기를 내 이 작업을 재개하려고 했을 때, 새로운 비가들이 완성되기도 전에, 불과 며칠 사이에 (내 계획에는 들어 있지 않은) 『오르페우스에게 바치는 소네트』가 폭풍처럼, 스스로에게 명령을 내리듯 먼저 생겼습니다. 이 소네트들은 달리 어쩔 수도 없지만, 『두이노의 비가』와 똑같은 '태생'입니다. 그것들이 나의 의지와 관계없이 갑자기, 요절한 소녀와 관련해 등장한 사실은 그 소네트들을 그 근원에 좀 더 가까이 가게 합니다. 이와 같은 관련은 어디에도 경계가 없는 영역, 우리가 죽은 사람들과, 그리고 미래의 사람들과 그 깊이와 인식을 함께 나누는 영역의 저 나라의 중심을 향해 우리가 한걸음 더 가까운 관계를 갖는다는 것을 뜻합니다. 현세의 사람들이며 오늘의 사람들인 우리는 단 한 순간도 시간의 세계 안에서 만족하지 못하며, 또 그러한 세계에 묶여 있지도 않습니다. 우리는 끊임없이 우리의 원천인 조상과 우리 뒤에 올 미래의 인간들을 지나가고 있습니다. 저 크나큰 '열린' 세계 안에서는 모든 것이 **존재하고 있습니다.** '**같은 시간에**'라고 말할 수 없는 까닭은 바로 시간의 탈락이야말로 그 모든 것이 **존재하는** 조건이기 때문입니다.

덧없음이 도처에서 깊은 존재 안으로 곤두박질칩니다. 그러므로 현세의 모든 형상은 사용할 시간이 제한되어 있을 뿐만 아니라, 우리가 그렇게 할 수만 있다면 우리도 관여하고 있는 저 우월한 의미로 바로잡아야 합니다. 그러나 **그리스도교적 의미에서가 아니라**(나는 언제나 열렬하게 그것을 멀리하고 있습니다), **현세**에서 보고 만진 것들을 순수하게 현세적인, 심오하게 현세적인, 복되게 현세적인 의식으로 더 넓은, 가장 넓은 범위 안으로 이끌어 들이는 일이 중요합니다. 이는 대지를 검은 그림자로 덮고 있는 내세가 아니라 하나의 전체, 그 **전체 안으로** 이끌어 들이는 일입니다.

자연은, 그리고 우리가 일상적으로 대하고 사용하는 사물들은 모두 일시적이고 덧없는 것입니다. 그러나 그것들은 우리가 현세에 사는 한 우리의 소유이며, 우리의 친구이고, 우리 선조들과 믿는 사이였듯이 우리의 고난과 기쁨을 더불어 아는 존재들입니다. 그러므로 현세의 모든 사물을 더 나쁘게 하거나 깎아내리지 말아야 할 뿐만 아니라, 우리와 함께하는 그 일시성 때문에 이 현상들과 사물들을 아주 내밀하게 이해하고 변용시켜야 합니다. 변용시킨다고요? 그렇습니다. 왜냐하면 이 일시적인 덧없는 대지의 인상을 그토록 심오하고 고통스럽게, 그리고 열정적으로 받아들여 그 본질을 우리의 내면에서 '보이지 않게' 다시 부활시키는 것이 우리의 임무이기 때문입니다. **우리는 보이지 않는 것의 꿀벌들입니다. 우리는 보이지 않는 커다란 황금의 벌통 안에 쌓아 두기 위해 보이는 것들의 꿀을 열심히 모으고 있습니다.**＊『두이노의 비가』는 이런 일을 하는 우리를 보여 줍니다. 그것은 우리가 사랑했던, 눈으로 보고 손으로 잡을 수 있는 것들을 눈에 보이지 않는 우리 본성의 진동과 흥분 상태로 끊임없이 옮기는 일로서, 우주의 진동 영역 안에 새로운 진동수를 끌어들이는 일입니다. [우주 공간 속의 여러 물질은 오직 다양한 진동지수(振動指數)에 지나지 않으므로, 우리는 이런 방식으로 정신적 집중도뿐만 아니라, 누가 압니까, 새로운 물체, 금속, 성운(星雲), 그리고 별자리를 준비합니다.] 그런데 이런 활동은 특이하게도 그 많은 가시적인 것이 점점 더 빨리 사라짐에 의해 뒷받침되고 또 재촉받고 있습니다. 사라져 가는 것들은 더 이상 보충되지도 않을 것입니다. 우리의 할아버지들에게는 아직 한 채의 '집', 하나의 '우물', 익숙한 한 개의 탑, 아니, 그들 자신의 옷, 그들의 외투가 한없이 그 이상의 존재, 한없이 더욱 친숙한 존재였습니다. 그들은 거의 모든 사물이 하나의 그릇처럼 인간적인 것을 담고 있다고 봤으며, 또한 인간적인 것들을 그 안에 더 아껴 두었습니다. 지금은 미국에서 공허하고 무가치한 사물들이 이쪽으로 밀려들어 오고 있습니다. 그것들은 가짜 사물, 생활의 모조품들입니다……. 미국식 집 한 채, 미국산 사과 한 알 또는 그곳의 포도나무 한 그루는 우리 선조의 희망과 깊은 사유가 깃든 집이나 과일 그리고 포도송이와는 **아무런 공통점이 없습니다**……. 생활의 일부분이었던, 체험의 대상이었던, 그리고 **우리와 더불어 아는 사물들**은 바닥이 나고 있으며, 더 이상 보충될 수도 없습니다. **우리는 어쩌면 그런 사물들을 알고 있는 마지막 사람들일지도 모릅니다.** 우리에게 주어진 책임은 **그것들에 대한 추억**뿐만 아니라(그거야 보잘것없고 또 믿을 만한 것도 아닐 것입니다), 그것들의 인간적이고 가신(家神)적인 가치를 간직하는 일입니다['가신적'이란 가문의 신성(神性)이란 뜻에서입니다]. 대지가 빠져나갈 유일한 길은 우리의 **내면**에서 눈에 보이지 않게 되는 일입니다. 우리는 우리의 본질 중 한 부분으로 보이지 않는 것에 참여하고 있으며, (적어도) 그 보이지 않는 것의 지분(持分) 증서를 소유하고 있기에, 현세에 머무는 동안 보이지 않는 것의 소유를 늘려 나갈 수 있습니다. 눈에 보이는 것이 보이지 않는 것으로, 볼 수 있고 잡을 수 있는 상태로부터 더 이상 종속적이지 않은 상태로 변하는 이와 같은 친밀하고 지속적인 변환은 오직 우리의 내면에서 완수될 수 있습니다. 우리 자신의 운명이 우리의 내면에서 지속적으로 점점 더 현존하면서 동시에 눈에 보이지 않게 되듯이 말입니다. 비가들은 이와 같은 현존재의 규범을 세우고 있습니다. 그리고 이러한 의식(意識)을 보장하며 찬송합니다. 또한 태고의 전승(傳承)과 그 전승에 대한 소문들을 받아들이고 이집트의 장례식에서조차 그런 관계의 선지식(先知識)을 일깨움으로써 그 의식을 전통 안에 조심스럽게 끌어들입니다. [비록 나이 든 "탄식의 여인"이 젊은 망자(亡者)를 이끌고 통과해 가는 "탄식의 나라"를 이집트와 **동일시할 수 없고**, 다만 망자의 의식이 지니는 사막의 명료함에' 비치는 반영(反影)일 뿐이라도 말입니다.] 만일 죽음과 내세와 영원의 **가톨릭적** 개념들을 비가나 소네트에 갖다 대는 잘못을 저지른다면 그것은 완전히 이 작품들의 출발점에서 멀어지는 것이며, 더욱 근본적인 오해를 낳게 될 것입니다. 비가의 "천사"는 그리스도교적 천국의 천사들과는 아무런 관계가 없습니다(오히려 이슬람의 천사상과 관계있을까요). **비가**들의 천사는 우리가 수행하는, 보이는 것의 보이지 않는 것으로의 변용이 그 안에서 이미 완성된 것으로 나타나는 피조물입니다. 비가의 천사에게는 과거의 모든 탑과 궁전이 현전합니다. **왜냐하면** 그것들은 오래전부터 눈에 보이지 않기 때문입니다. 그리고 아직 존속하고 있는 우리 현존재의 탑과 다리도 비록 (우리에게는) 아직 물체로 지속되고 있지만, **이미 눈에 보이지 않습니다. 비가의 천**

사는 눈에 보이지 않는 것에서 실재(實在)의 더 높은 지위를 인식하기를 옹호하는 존재입니다—천사를 사랑하고 변용시키는 우리가 아직도 눈에 보이는 것에 매달리고 있기 때문에 천사는 '무섭습니다'—우주의 모든 세계가 눈에 보이지 않는 것으로 곤두박질침으로써 그것들의 가장 가깝고 더 심오한 현실 속으로 들어갑니다. 어떤 별들은 곧장 솟아올라 천사들의 무한한 의식 속에서 사라져 버립니다—또 다른 별들은 천천히 그리고 수고롭게 그 별들을 변용시키는 존재들에게 의존하여 그것들의 공포와 황홀 속에서 바로 다음의 눈에 보이지 않는 현실화에 도달합니다. 우리는, 다시 한번 강조하는데, 비가들의 뜻에서 존재합니다. 우리는 이런 대지의 변용자이며, 우리의 현존재 전체, 우리의 사랑의 비상(飛翔)과 추락까지 모든 것이 우리가 이런 임무를 수행할 수 있는 능력을 줍니다(그 밖에 다른 임무는 본질적으로 없습니다). (소네트들은 이런 활동의 개별적인 모습을 보여 줍니다. 여기서 소네트들은 어느 죽은 소녀의 이름과 보호 아래 세워진 것처럼 보이지만, 소녀의 미완성과 순결은 묘지의 문을 열어 놓음으로써 이미 저 세상으로 갔지만, 삶의 절반을 신선하게 보존하여 상처가 벌어진 다른 절반을 향해 열려 있게 하는 힘에 속해 있습니다.) 비가들과 소네트들은 서로 지속적으로 받쳐 줍니다—그리고 내가 한 숨결로 이 두 개의 돛폭을 채울 수 있었다는 사실을 무한한 은총으로 여기고 있습니다. 그것은 작고 녹슨 빛깔을 띠는 소네트의 돛과 엄청나게 큰 흰색 비가들의 돛입니다. 친애하는 친구여. 당신이 여기서 몇 가지 충고와 해명을 얻었으면 좋겠습니다. 그리고 나머지는 당신 스스로 도울 수 있기를 바랍니다. 왜냐하면 내가 더 무슨 말을 할 수 있을지, 나 자신도 모르기 때문입니다.

당신의 릴케

주

9 **질서** 릴케는 그의 시를 폴란드어로 옮긴 홀레비츠의 질문에 답하
는 편지에서 "비가의 '천사'는 그리스도교 천국의 천사들과는 아
무런 관계가 없습니다"라고 했다. 따라서 여기서 천사를 천국에서
신에게 봉사하는 빛의 천사, 죽음의 천사, 타락한 천사 등으로 구
분하는 클롭슈토크의 천사의 계열과 동일시하는 것은 릴케의 뜻
에 맞지 않는다. 천사들은 "보이는 것으로부터 보이지 않는 것으
로의 변용"을 이미 완수한 존재들이라고 했으므로, "계열"보다는
인간이 도달해야 하는 어떤 이상적 상태를 뜻하는 "질서"라는 단
어로 번역했다.

현존재 존재와 비존재 사이에서 도달해야 할 이상적 상태를 의미
한다.

무섭지 않은 천사 있겠는가 천사가 무섭다는 것은 천사의 절대미 앞
에서 느껴지는 자아의 초라함에 대한 의식의 다른 표현이다.

부려 쓸 원어 brauchen은 '부려 쓰다', '필요로 하다' 등으로 해석
할 수 있다.

그 고대하던 밤, 가볍게 실망시키며 로만주의 전통에서 밤은 사랑

의 시간, 합일의 시간을 상징했으나, 개인의 고독을 깨닫는 순간으로서의 밤은 그런 전통적 기대를 실망시킬 수밖에 없다는 뜻이다.

10 **수고롭게 다가서는 밤** "실망시키는" 밤과 마찬가지로 의인화된 밤으로서, 고독의 진정한 의미를 깨닫도록 날마다 개인에게 다가서는 밤의 수고로움을 뜻한다.

해마다 봄은 네가 필요했으리라 여기서 "봄"은 문법적으로 주어 역할을 하므로 의인화된 봄이며, 해마다 오는 봄이(서정시 일인칭을 가리키는) "너"를 필요로 한다는 뜻이 된다. 원문에서는 brauchen 동사를 사용하고 있는데, 제10행에서는 같은 동사를 '부려 쓰다'로 번역했다. 왜냐하면 봄이 너를 '필요로 하는' 목적과 '우리'가 천사나 (다른) 사람들을 '부려 쓰는' 목적이 다르기 때문이다.

어디서 애인을 캐내려는가? 졸역 초판(1991)에서 저지른 치명적 오역 중 하나. 원어 bergen 동사를 verbergen과 혼동한 결과 전혀 반대의 뜻으로 번역했었다. 이 기회에 독자의 양해를 진심으로 구한다.

11 **가스파라 스탐파** Gaspara Stampa. 1523년경 이탈리아 파도바에서 출생한 여성 시인. 1548년에 베네치아의 귀족 콜랄티노 디 콜랄토와 사랑에 빠졌으나, 1551년에 버림받고 실연의 아픔을 시로 썼다. 1554년 4월 23일에 세상을 떠난 후 그녀의 여동생 카산드라가 그녀가 남긴 시들을 출판했다.

사랑하는 "사랑하는"이라는 수식어는 행위의 능동성을 가리킨다. 이 시어에는 '소유하지 않는 사랑'이라는 릴케의 이상이 함축되어 있다. 따라서 여기서 "사랑하는"은 '어느 누군가가 사랑해 주는'이라는 뜻이 아니라 '스스로 누군가를 사랑하는'의 뜻이다.

땅에서 들어 올렸지만 기도 중의 공중 부양을 가리킨다. 신의 응답에 귀를 기울이느라, 공중 부양 같은 기적이 일어나도 놀라지 않고 경건하게 무릎 꿇고 기도하는 성자들의 의연한 모습을 뜻한다.

12 **산타 마리아 포르모사** Santa Maria Formosa. 이탈리아 베네치아

의 르네상스 양식 교회. 이탈리아의 건축가 마우로 코두시(Mauro Codussi, 1440~1504)가 1492년에 세웠다. 릴케는 1911년 4월 3일 이 교회를 방문한 적이 있다.

비문(碑文) 이탈리아어로 된 이 비문은 빌헬름과 안톤 헬레만 형제를 추모하는 내용으로, 다음과 같이 옮길 수 있다. "다른 사람들을 위해 나는 살았고, 인생은 그렇게 오래 지속되었다./ 그러나 결국 내가 죽고 난 뒤에는/ 나는 해체되지 않았고, 차가운/ 대리석 안에서 나를 위해 살고 있다./ 나는 헤르만 빌헬름이었다./ 플랑드르 사람들이 나를 애도했고,/ 아드리아가 나 때문에 한숨지었다./ 〈그리고〉 가난이 나를 부른다./ 그는 9월 16일 사망했다/ 1593년에."

13 **필요하지 않을 것이다** 여기서도 원문에는 제10행, 제26행에서와 마찬가지로 brauchen 동사가 쓰이고 있다.

리노스 왕 Linos. 고대 그리스 신화에 나오는 인물. 여러 가지 설이 있으나, 여기서는 그리스 중부의 전설 내용과 관련 있다. 음악가 암피마로스와 음악의 여신 우라니아 사이에서 아들로 태어난 리노스는 자기가 아폴로 신과 똑같이 노래를 잘 부를 수 있다고 주장했기 때문에 아폴로가 죽였고, 그의 죽음을 슬퍼하는 사람들이 〈리노스의 노래〉를 불렀다고 한다. 요절한 위인의 상징

14 **토비아의 날들** Tobias. 그리스도교 외경(外經) 「토비트서(書)」. 이 경전의 내용을 요약하자면 다음과 같다. 새의 배설물에 의해 눈이 멀게 된 토비트가 아들 토비아에게 먼 곳에 사는 친지에게 예전에 꾸어 준 돈을 받아 오는 심부름을 시키려고 하는데, 혼자 머나먼 길을 떠날 어린 아들을 위한 길잡이를 구하기 위해 간절히 기도를 드렸고, 하느님이 그 기도를 들으시고 라파엘 천사를 보내셨다. 그러나 나그네 차림으로 문밖에 나타난 라파엘 천사를 몰라보고 채무자가 살고 있는 메데로 가는 길을 토비아가 묻는다. 라파엘과 동행한 토비아는 여행 중에 신부를 만나 혼인도 하고, 물고기를 잡아 그 쓸개로 아버지의 눈을 치료하며 장수하게 되는데, 토비트와 토

비아가 라파엘 천사에게 사례하려고 할 때 비로소 정체를 드러낸 라파엘 천사는 그것을 거절하고, 선행을 쌓고 하느님을 계속 찬미하라고 토비트 부자에게 당부하고 하늘나라로 올라갔다. 릴케는 라파엘 천사에 대한 아무 두려움 없이 천사를 동족의 한 사람으로 알고 길을 물을 수 있었던, 천사와 친밀한 관계를 가졌던 순간이 사라진 현재의 의식 상태에 대한 아쉬움을 표현했다.

15   **너는 내 핏속으로 스며든다** 진한 감동의 표현에 대한 비웃음을 함축함으로써 아무리 절실한 언어로 표현된 감정이라도 일시적임을 일깨우려는 의도를 드러낸다.

      저 아름다운 자들을 누가 머물게 하겠는가? "아름다운 것 또한 죽어야 한다"로 시작하는 프리드리히 실러(1759~1805)의 시 「만가(輓歌, Nänie)」를 연상시키는 구절이다.

      마치 임산부들의 얼굴에 스민 모호한 표정 릴케는 이미 『말테의 수기』에서 임산부의 표정 변화를 예민하게 묘사하는데, 임산부의 미소는 "지워진 얼굴"에 나타나는 "슬픈 아름다움"이라고 했다.

16   **그래서 모두가 우리에게 숨기로 하는 것은** 인간 주체와 모든 객체 사이의 메울 수 없는 단절감에 대한 표현이다.

17   **그때 마시는 자는 그 행위를 비켜 가니** '마시는 행위'는 자아를 충족시키기 위함이나, 그것이 사랑의 갈증을 해결하기 위한 수단으로만 사용됨으로써 오히려 자아를 텅 빈 것으로 만드는 결과를 가져온다는 뜻이다.

      고대 묘석의 부조(浮彫)에 새긴 인간적인 몸짓의 그 조심성 릴케는 루에게 보낸 1912년 1월 10일 자 편지에서 이렇게 말했다. "언젠가 나폴리에서였다고 생각되는데요, 고대의 어느 묘석 앞이었습니다. 문득 전율처럼 스치고 지나간 생각은, 저기에 묘사되는 것보다 더 강한 몸짓으로 사람들을 건드려서는 안 되겠다는 생각이었습니다."

      가볍게 인생의 비가적(elegisch) 의미를 벗어난 이 가벼움은 이별의 슬픔을 예술적 형상으로 변용시킴으로써 비로소 도달할 수 있는 것임을 암시한다.

이것이야말로 기쁨과 고통의 감정을 그냥 낭비하지 않고 절제하여 예술적 형상으로 변용시킨 것, 곧 묘석의 부조가 그러한 절제의 결과물임을 가리킨다.

건드리기 원어는 berühren으로, 연인들의 애무하는 손길과 예술가들의 재료를 다루는 손길을 동시에 암시한다.

물길과 돌밭 "물길"과 "돌밭"은 각각 인간의 두 가지 부정적 측면, 즉 물처럼 흘러가 버리는 '덧없음'과 존재의 보람을 거두지 못하는 '메마름'을 표상한다.

18   **더 이상 찾아볼 수 없다, 심장을 진정시키는 형상 안에서나, 더 위대하게 절제하는 신의 육체 안에서나** 고대 그리스인들처럼 넘치는 감정을 그림이나 조각으로 승화시키지 못하는 현대인의 무능력을 가리킨다.

19   **다른 한편으로는, 괴롭구나 저 숨어 있는 죄 많은 피의 하신(河神)** 릴케는 루 살로메와 함께 여행하는 중 프로이트의 성과 본능에 대한 정신분석학 강연을 듣고 이야기를 나눈 적이 있는데, 사랑의 이면에 성충동이 작용한다는 사실을 말하기가 '괴롭다'고 밝힌다. 그는 프로이트의 성충동에 관한 정신분석학적 설명을 초개인적 신화의 차원으로 표현하고 있다.

신의 머리 남성의 성기를 상징한다.

넵투누스 Neptunus. 로마 신화에 나오는 바다의 신. 그리스 신화의 포세이돈에 대응되며, 삼지창과 나팔고둥은 폭풍을 불러일으키는 그의 도구다. 사랑하는 남자의 무의식에서 작용하는 성충동을 상징한다.

20   **어두운 교제** 젊은이의 핏속에 흐르는 운명적인(남성적) 종족 본능의 작용을 의미한다.

21   **빠져들었던가요?** 여기서 '빠져들다'는 소녀와의 육제적 결합에 대

한 꿈이라는 성적 의미를 함축한다.

23 **정원** Garten. 원시림과는 달리 잘 정돈된 자연의 모습을 상징한다.

24 **언저리** "넓은 세계와 사냥과 고향" 등 좁은 일상의 공간을 벗어나는 곳에 장애물처럼 놓여 있다는 공간적 비유다.

그 그림 보이게 하려는 것 이 부분의 시상은 공자의 『논어(論語)』에 나오는 '회사후소(繪事後素)'와 같다. '그림 그리는 일은 바탕을 깨끗하게 한 이후'라는 뜻의 이 사자성어는 도덕적 의미에서 청렴한 마음가짐을 강조하고, 그림과 바탕의 대조를 전제로 할 때는 릴케의 시구와 그 발상이 일치한다.

25 **조용히 흔들리더니** 실제 정원이 아니라 캔버스에 그려진 무대 장면임을 암시한다.

그 몸통과 철사 줄 인형의 몸통과 팔다리를 철사로 십자 막대기에 연결하여 손가락 움직임으로 인형의 동작을 표현하는 인형극을 가리킨다. 릴케는 「인형극에 대하여」(1810)라는 하인리히 폰 클라이스트의 글에 묘사된, "저절로 중심을 잡는" 인형의 우아함에 대한 묘사에 깊은 감명을 받은 바 있다.

갈색 사팔눈 소년 릴케의 요절한 사촌형 에곤 폰 릴케(1873~1880)를 암시한다. 『말테의 수기』에는 에리크 브라에라는 이름으로 나오며, 이 소년은 망자와 친숙한 관계였던 것으로 묘사되어 있다.

바라봄 "연극"을 거부하고 "바라봄"을 고집한다는 뜻에서 릴케의 독특한 언어유희가 나타난다. 독일어를 살펴보면, "무용수"라 표현된 인물은 변장하고 가면을 쓴 '배우'로서 그 존재의 거부를 통해 부정적인 속뜻을 드러낸다. 왜냐하면 '배우'에 해당하는 독일어 'Schauspieler'는 'Schau-Spieler', 즉 말 그대로 '보기 놀이꾼'이라는 뜻을 지니며, '보기(Schau)'라는 말은 일상적으로 '쇼'라는 부정적 의미를 환기시키기 때문이다. 따라서 "연극"도 그것이 꾸민 '쇼 유희(Schau-Spiel)'에 지나지 않는다면 존재를 위해서는 아무

쓸모없는 것이기에, 오히려 대상이 없는 하염없는 "바라봄"이 더 낫다는 뜻이다. 이러한 "바라봄"은 그다음 구절에서 암시되듯이, 무한의 공간, 곧 존재의 공간을 향해 열려 있기 때문이다. 이렇듯 대상이 없는 "바라봄"의 긍정적 의미는 「제7비가」에서 천사를 향한, 그러나 구원을 기다리지 않는 손 뻗침의 "저리 가"의 의미와 같으며, "소유하지 않는 사랑"과도 연결된다.

26 **보기놀이** Schauspiel. 일반적으로 '연극'을 뜻하나, 여기에서는 영원한 공간을 향해 열린 '바라봄'의 긍정적인 뜻과 연결하여 '보기'를 나타내고자 하였다.

27 **입속에 버려두는가?** "입속의 죽음"은 사과의 속처럼 죽음이 삶 속에 씨앗처럼 들어 있다는 표현이며, 이것은 『시도집(時禱集, *Das Stunden-Buch*)』에서 이미 사용된 표현이다. "우리는 껍질이요 이파리일 뿐입니다./ 각자가 내면에 품고 있는 위대한 죽음,/ 그것은 모든 것이 싸고도는 열매입니다."(「가난과 죽음의 기도서」 중에서)

28 **헤르타 쾨니히 부인** Hertha König(1884~1976). 릴케는 1915년 여름 쾨니히 부인의 요청에 따라 뮌헨에 있는 부인의 빈집에서 작업하며 지낸 적이 있는데, 그곳 거실에 피카소의 〈곡예사 가족(La famille de saltimbanques)〉이라는 그림이 걸려 있었다. 릴케는 미술 수집가로 알려진 쾨니히 부인이 뮌헨의 한 화랑에서 이 그림을 구입했다는 소식을 듣고 축전을 보냈으며, 한 친지에게 보낸 편지에 그 그림에 대한 자신의 감상을 적어 보내기도 했다. "이 그림 앞에서 나는 다시 간절히 소망했습니다. 이렇게 창조하는 마음으로 밖에서 일어나는 모든 끔찍한 일, 그 광기를 극복할 수 있기를……." 그러나 「제5비가」에서 묘사된 곡예사들의 모습에는 릴케가 파리에서 지낸 시절, 뤽상부르 공원에서 본 페르 롤랭(Pére Rollin)이라는 곡예사 가족에 대한 기억도 담겨 있다.

그 '나와 섬'의 첫 대문자 Dastehn. 곡예사들이 서 있는 인물 구도가 시각적으로 영문자 D와 가까운 인상을 줄 뿐만 아니라, 그 큰 글자가 곧 무너짐으로써 "현존재(Dasein)" 실현에 미치지 못하는 "나와 섬(Dastehn)"의 부족함에 대한 안타까움을 표현한다.

마치 아우구스트 대왕이 식탁에서 주석 접시를 굴리듯이 작센의 선제후 프리드리히 아우구스트 1세(1670~1733. 1697년부터는 폴란드의 왕)는 손님을 접대할 때 한 손으로 무거운 주석 접시 여러 개를 한꺼번에 굴렸다는 일화가 전해진다.

29 **바라봄의 장미꽃** 겹겹이 둘러싼 구경꾼들을 장미꽃에 비유하나, 「제4비가」에서와 마찬가지로 구경꾼들의 '바라보기(Zuschauen)'가 문제된다. 그것 또한 피고 지는 덧없는 것으로 규정되기 때문이다.

피어나는 먼지 blühender Staub. '먼지'와 '꽃가루'를 암시하는 이중적 의미로 사용하고 있다.

어느 고통이 아직 작을 때 장난감으로 얻은 적 있지 여기서는 "고통"을 주체로, 곡예사들을 객체로 표현하고 있다. 「제10비가」에서는 "고통"을 가장 기본적인 인간 조건으로 규정하고, 우리 자신을 "고통의 낭비자"라고 명명한다. 삶의 비극적 운명에 대한 인식에서 느껴지는 고통을 예술적으로 승화시켜 인간적인 "마음의 형상"으로 변용시켜야 한다는 것이 『두이노의 비가』 전체의 중심 주제다. 따라서 "고통의 장난감"으로 표현된 곡예사들의 수동적 입장이 두드러지는 구절이다.

30 **움직임의 나무** 곡예사들이 몸으로 쌓아 올린 나무의 형상을 뜻한다.

얼굴 Gesicht. 릴케는 이를 Antlitz와 구별해서 쓰는데, Antlitz가 대개 얼굴에 나타난 '표정'을 뜻한다면, Gesicht는 그것을 소유한 인물의 존재적 본질이 드러난 '진면목'이라는 뜻에 가깝다.

발바닥 타는 아픔이 그 원천보다 먼저 와 "심장 가까이" 느끼는 고통, 곧 마음의 고통과 발바닥의 아픔, 곧 육신의 고통을 대조하며, 발바닥의 아픔은 마음의 고통에 그 원인이 있다는 뜻이다. 물론 변용의 대상은 마음의 아픔이다.

약초 아픔을 이긴 소년의 미소가 고통을 낫게 하는 약초에 비유된다.

31 **그 장소는 어디인가?** 이 수사적 질문은 곡예사들의 숙련된 곡예 기술이 모든 고통의 흔적을 지워 버린 듯한 데 대한 비판을 함축한다.

32 **힘겨운 무소(無所)** Nirgends. 모든 중력을 벗어난 듯한 날렵한 곡예의 장소를 가리키는데, 원문에서는 "어디에(서)도 (…) 않다"라는 의미의 부사어를 명사적으로 쓰고 있다.

마담 라모르 Madame Lamort. 릴케의 신조어. 프랑스어 'la mort', 곧 '죽음'이라는 뜻이 들어 있다.

말할 수 없는 양탄자 덧없는 곡예가 벌어지는 "버림받은 양탄자"와 대조되는 상상 속 양탄자. 이는 영원한 사랑의 형상을 새긴 예술품으로서의 양탄자를 뜻하기도 한다.

34 **네가 꽃피기를 거의 완전히 건너뛰고** 무화과의 결실 과정을 묘사한 구절. 항아리처럼 생긴 꽃차례의 안쪽으로 핀 무수한 작은 꽃이 겉으로 드러나지 않고 수정을 거쳐 과육으로 변하는 과정을 가리킨다.

때맞춰 결심한 열매 무화과의 결실은 저절로 이루어지는 것이 아니라 무화과나무가 스스로 결심한 결과라는 시적 표현이다. 죽음을 향해 돌진하여 존재를 획득하는 영웅(「제1비가」)의 행동 방식과 같이 "시간을 앞서가는" 무화과의 결실 과정을 "뜻깊게" 봤다는 말이다.

백조 속으로 뛰어드는 신(神) 『신시집 별권(*Der neuen Gedichte anderer Teil*)』(1908)에 수록된 소네트 「레다(Leda)」의 주제를 언급하고 있다. 백조의 아름다움에 매혹된 제우스가 백조의 수컷으로 변신하여 암컷과 황홀한 일체감을 맛본다는 그리스 신화의 소재를 '사물시(Ding-Gedicht)'의 기법을 활용하여 긴박한 구조의 시어로 묘사하고 있다. 특히 그 변신과 암컷에게 돌진하는 하강 과정이 꿈처럼 신속한 제우스의 행동은 꽃보다 열매가 먼저 열리는 듯한 무화과의 결실 과정, 어려서 죽은 사람, 즉 세계와 일치한 어린 시절에서 영원한 죽음의 세계로 곧바로 넘어간 사람, 그리고 죽음의 운명을 향한 영웅의 돌진과 더불어 「제4비가」에서 말하는 "순수한 진행"을 은유하며, "시간을 앞서가는" 공통적인 현존재의 구조를 지닌다.

카르나크 Karnak. 이집트 룩소르(옛날의 테베) 부근의 지역 이름
은은한 음각화에서 마차 끄는 준마가 개선하는 왕보다 앞서 있듯이 릴케는 1911년 1~3월에 폰 투른 후작부인과 함께 나일강을 따라 여행한 일이 있다. 이때 룩소르 부근의 카르나크 신전에서 이집트의 왕 세토스 1세와 그의 아들 람세스 2세가 전차(戰車)를 타고 달리는 모습을 기둥에 새긴 음각화를 보고 깊은 인상을 받았다. 이 장면은 『오르페우스에게 바치는 소네트』 「제1부」 열한 번째 소네트에서도 '기수(騎手)'라는 별자리에 대한 상상의 근거가 되기도 한다.

37   **울부짖음** Schrei. 「제1비가」 첫머리에서 접속법 2식 일인칭형으로 사용된 schreien 동사와 연결된다.

   상승하는 계절 봄

   새를 들어 올릴 때면 봄을 맞이하여 하늘로 솟구치며 지저귀는 종달새를 암시한다.

   침묵으로 감싼다 "침묵으로 감싼다(umschweigt)"라는 동사는 "계단들", "사원", "종달새", "분수", "여름"까지 목적어에 걸린다.

   약속된 놀이 여기서 "약속"은 "충만한 여름을 약속하는 봄"이라는 뜻과 "솟구침 속에 이미 떨어짐이 약속되어 있는 분수"라는 이중의 의미를 지닌다.

38   **잊겠는가!** 이 시연에서 열거된 대상들 모두는 "잊겠는가"에 목적어로 걸린다.

   연약한 무덤들 무덤의 연약함은 그곳에 묻힌 소녀들의 연약함에서

말미암은 것이다.

39 **생각할 수 있는 것에** "생각"은 '느낌'의 반대 개념으로서 부정적으로 쓰이고 있다.

40 **반전** '보이던 것'이 '보이지 않는 것'으로 '변용'하는 순간을 가리킨다.

폐적자(廢嫡者)들 변용을 알아보지 못하는 '시대정신'을 가리키며, '못된 놈'이라는 뜻이다.

우리를 "우리"는 그 앞의 "인간"과 구별되니, 변용의 필연성을 인식하는 서정시 일인칭과 같은 입장을 가진 사람, 곧 독자를 가리킨다.

41 **이들 보증하는 공간** 존재를 또는 존재와의 조화로운 일치 관계를 보증하는 공간

샤르트르 대성당 프랑스 파리의 교외에 있는 성당. 『신시집(*Neue Gedichte*)』(1907)의 「정오의 천사(L'Ange du méridien)」에는 해시계를 받쳐 들고 있는 이 성당의 천사상이 묘사되어 있다.

43 **루돌프 카스너** Rudolf Kassner(1873~1959). 오스트리아의 철학자, 문화 비평가. 1907년 가을 릴케가 빈에서 낭독회를 가졌을 때부터 교류했으며, 특히 1912년 겨울에는 마리 폰 투른 운트 탁시스 후작부인의 손님으로 두이노 성에서 릴케와 함께 머무르며 「제1비가」와 「제2비가」의 첫 독자가 되었다. 릴케는 「제8비가」가 완성되기 훨씬 전인 1914년 4월 두이노 성의 동물원에서 카스너에게 들은 모기의 내적 행복에 대한 이야기를 회상하면서 이 비가를 그에게 헌정하는 이유를 밝혔다.

피조물 곤충처럼 원초적이고 자연적인 생명체를 가리킨다. 따라서 곤충들은 수많은 육면체로 이루어진 복안(複眼)으로 사물을 보기 때문에 인간처럼 원근법적 시각으로 제한된 공간이 아닌 열린 공간을 본다는 뜻이다. 릴케가 당시 생물학자 폰 웍스퀼과 사돈 관계였기 때문에, 그의 이론을 통해 이를 알고 있었는지도 모른다.

'없는 곳' 「제5비가」 81행에서처럼 '무소(無所)'를 뜻한다.

44   **그러나 상대방 위로는 아무도 더 오지 않고** 「제4비가」에 나오는 인형
놀이 위에 나타날 것을 상상하는 천사가 나타나지 않음을 뜻한다.

45   **짐승** 『두이노의 비가』에 나오는 작은 곤충, 새, 박쥐와 달리 '개'를
의미한다는 해석도 있다.

     첫 번째 고향 다음으로 두 번째 고향 "첫 번째 고향"은 자연과 동일한
숨결 이루던 세계, "두 번째 고향"은 의식적으로 해석된 세계를 뜻
한다.

     바람 "숨결"과 반대의 뜻으로 쓰였다.

     에트루리아 Etruria. 로마 북쪽의 옛 지명

     뚜껑처럼 정지하고 있는 형상 에트루리아인들은 사후에도 먹고 마시
는 생활은 계속된다고 믿었다. 그래서 관 뚜껑에 죽은 사람의 얼굴
을 새기고, 관 안에 술잔이나 식기를 넣었다고 한다. 그들은 망자
가 관의 안쪽과 바깥쪽에 동시에 존재한다고 믿었다.

46   **작별한다** "작별"은 '떠나가는 자'의 자세로서, 그 '머뭇거림'은 이미
「제6비가」에서 비판의 대상이 되었다.

47   **월계수처럼** 월계수를 현존재의 은유로 삼은 데에는 그리스 신화에
나오는 다프네의 변용 이야기와 관련 있다. 릴케는 오비디우스의
『변신 이야기』를 통해 아폴로의 집요한 구애를 피하기 위해 월계
수로 변한 요정 다프네의 이야기를 알고 있었을 것이다. 월계수 잎
의 시각적 인상 중 "다른 모든 초록빛보다 조금 더 어둡게" 보이는
초록은 「제10비가」 13행에 나오는 "의미의 초록색"과 연결되며,
현존재의 부정적 조건인 고통을 함의하고 있다. 월계수 잎 가장자
리의 물결 모양은 "바람의 미소"처럼 변용을 완수한, 즉 고통을 극
복한 평온한 마음을 뜻한다.

48   **다른 관계** 삶의 세계와 다른, 죽음의 세계에서 가능한 존재와의
(일치) 관계를 뜻한다.

49   **망치질** 심장의 위험한 고동(鼓動)을 비유적으로 표현했다.

50 **마치 네가 로마의 밧줄 꼬는 사람이나 나일강 유역의 도자기공을 보고 놀랐듯이** 릴케는 로마의 밧줄 제조공 옆에서 본 "가장 오래된 몸짓"이나 이집트 나일강 유역의 작은 마을에서 원반을 돌리며 도기 제작에 몰두하는 도공의 작업을 말없이 지켜본 시간들이 자신의 교양이나 창작에 가장 결정적 영향을 끼쳤다고 고백한 바 있다.

그리고 저 너머로 행복하게 바이올린을 벗어난다는 것을 「제1비가」에서 비판과 풍자의 대상이었던, 열린 창문을 통해 들려오는 바이올린 소리와 함께 애인을 기다리는 수동적 태도가 극복된 상태를 뜻한다.

51 **현존재** "현존재(Dasein)"는 '존재(Sein)'에 이를 수 없고 '비존재(Nicht-Sein)'에 떨어질 위기에 직면해 있는 인간의 부정적 실존 조건에 대한 인식에서 출발한 '이상적 존재 상태'를 의미한다. 죽음의 운명을 향해 돌진하는 영웅, 개화보다 결실의 형태를 앞세우는 무화과나무, 과거와 미래를 구분할 줄 모르는 순수한 어린 시절, 그리고 곧바로 우주 공간으로 넘어간 요절한 사람 등은 그런 현존재의 이상이며, 실존의 부정적 조건을 시와 예술적 형상으로 변용시키는 곳에 현존재의 가능성이 놓여 있다는 것이 『두이노의 비가』의 전체 주제라고 할 수 있다. 한편 하이데거는 『존재와 시간(*Sein und Zeit*)』에서 Dasein을 '자기 자신의 존재 조건을 성찰할 수 있는 주체'라고 정의한다.

52 **건반들** 「제9비가」 48행처럼 Hammer라는 단어를 쓰고 있는데, 여기서는 심장의 고동이 "망치질"에서 줄을 때려 음을 내는 피아노의 "건반"으로 비유된다.

현(絃) 피아노의 줄. '마음의 현'이라는 뜻으로, 심금(心琴)과 비교할 만한 표현이다.

슬퍼하던 gehärmte. 이 수동형은 '내가 슬퍼하던'이라는 뜻으로, 슬픔의 주어는 서정시 일인칭이다.

의미의 초록 「제9비가」 3행의 월계수 잎에 대한 묘사와 관련 있는 표현이다.

은밀한 세월 자연처럼 개방적이고 가시적인 계절의 변화가 아니라 우리의 내면에서 체험되는 시간이기 때문에 '눈에 보이지 않는'이라는 뜻에서 은밀한 시간을 가리킨다.

고통의 도시 여기서 묘사하는 "고통의 도시"는 그 떠들썩한 대목 장터 분위기 때문에 이집트의 "사자(死者)의 도시"를 연상시킨다. 릴케는 1910년 11월 25일부터 1911년 3월 25일까지 북아프리카의 알제리, 엘 칸타라, 카르타고, 튀니스, 카이로우안을 지나 나폴리와 시칠리아를 거쳐 이집트까지 여행하며, 오랜 세월을 두고 유유히 흐르는 나일강과 시간의 흐름을 거슬러 기념비처럼 우뚝 서 있는 거대한 건축과 조각품이 대조를 이루는 광경에 깊은 인상과 시적 영감을 받았다. 따라서 떠들썩한 "고통의 도시"와 더불어 「제10비가」의 후반부에서 장엄한 별밤과 함께 묘사되는 "탄식의 나라"의 풍경은 릴케의 이집트 체험을 형상화한 것이다.

53 **그들이 완제품으로 산 교회** 릴케는 모든 현대 종교가 죽음을 미화함으로써 죽음의 운명에 고통받는 신도들을 위로하려는 잘못을 저지르고 있다고 비판한다. 여기서 그리스도교 교회조차 그러한 "위안의 장터"의 일부분으로서 아무 노력 없이 "완제품"으로 사들인 것일 뿐이라는 비판을 드러낸다.

마치 일요일의 우체국처럼 실망하여 우체국을 의인화하여 공휴일(일요일)이라 사람이 찾아오지 않아 "실망한" 모습으로 묘사한 것이다.

잠수부와 요술사! 그 현란한 자맥질과 공중돌기로 구경꾼들에게 열의를 보여 주려고 하나, 결코 존재의 깊이와 놀이에 이르지 못함을 비꼬는 풍자의 뜻을 함축한다.

54 **탄식** 여기서부터는 젊은 여성으로 의인화된 "탄식"과 젊은 남성의 동행이 묘사되고 있다. "탄식"에 해당하는 독일어 명사 Klage가 문법적으로 여성임을 그대로 의인화한 데에 릴케의 언어유희가

돋보인다.

56 **어머니** 독일어로는 Mutter, 복수형은 Mütter. 별 하늘에 나타난 M자는 이 단어의 머리글자

57 **떠받치는 물결** 이 표현은 질투의 요정들이 달려들어 갈기갈기 찢긴 오르페우스의 머리와 칠현금은 물에 잠기지 않고 둥둥 떠가며 노래를 멈추지 않았다는 그리스 신화의 내용과 연관이 있다. 따라서 슬픔은 사람이 하기에 따라서는 "(인간 세계에서)" "기쁨의 샘"이 될 수도 있다는 뜻이다.

영원히 죽은 자들 아내를 찾아 지하로 내려간 오르페우스에게 "에우리디케와 함께 영원히 죽어라"라는 『신시집 별권』에 나오는 시구와 관계있으며, 그것은 영원을 지향하는 죽음을 통해 현존재에 이를 수 있는 가능성을 암시한다.

개암나무 릴케는 애당초 원고에 개암나무 대신 버드나무라고 썼으나, 식물학자인 지인으로부터 버드나무의 겨울눈이 가지에 매달려 있는 것은 불가능하다는 지적을 받고, 식물학적 오류를 수정했다.

어떤 행복한 것이 내리면 삶과 죽음을 상호 적대 관계가 아닌 보완 관계로 파악함으로써 실존의 부정적 조건에 대한 모순 의식을 극복한 릴케는 「제10비가」 전체를 상승과 하강의 모순적 조화의 이미지로 통합하고 있다. 겨울눈은 개화를 준비하는 단계로서 "상승하는 행복"을 상징한다면, 대지를 생명의 물로 적시는 비는 "하강하는 행복"을 상징한다. 이 개암나무의 겨울눈과 비야말로 "영원히 죽은 자들이 (살아 있는 우리의 내면에서) 일깨우는" 하나의 "비유"라는 것이다.

59 **소네트** Sonett. 14행의 정형시. 셰익스피어의 소네트는 세 개의 4행연(Quartett)과 한 개의 2행연(Distichon)으로 구성되었으나, 르네상스 시대에 이탈리아에서 발생한 '작은 노래'라는 뜻의 소네트 형식을 따르는 릴케의 소네트는 두 개의 4행연과 두 개의 3행

연(Terzett)의 배열 구성과 다양한 형식의 각운(교차운, 포옹운, 꼬리운 등)을 지닌다. 릴케는 이 무렵 고대 이탈리아 소네트 번역에 몰두하면서 이 형식에 익숙해졌으나, 원래 형식을 지키되 그 자유로운 형식을 좀 더 강화한 시 형식으로 변형시키려고 했다고 밝혔다. 우리말 번역에서는 이러한 형식상의 운율을 재현하는 것은 불가능하여 그 주제에 적합한 내재율을 선택할 수밖에 없었다.

베라 우카마 크노프 Wera Ouckama Knoop(1900~1919). 19세에 백혈병으로 요절한 무용수. 「제1부」 스물다섯 번째 소네트와 「제2부」 스물여덟 번째 소네트에서는 베라가 직접 주제가 된다.

63 **사내의 마음은 두 갈래** 삶과 죽음의 상대적 조건에 대한 의식에 사로잡혀 있는 마음을 가리킨다.

아폴로 그리스 신화에서 예언과 예술을 관장하는 태양신. 여기서는 특히 뮤즈를 거느리는 음악의 신

대지와 별들을 우리의 존재로 돌려놓으려나? "대지"와 "별"의 관계에 대해서는 「제7비가」 27행의 "대지의 별들"이라는 구절을 참조할 것. 자연과 더불어 존재의 영역에 속하는 우주 공간의 질서를 상징하는 "별"은 밤의 어둠 속에 그 가시적 윤곽을 잃어버린 "대지"가 변용된 모습으로 나타난 것임을 암시한다. 따라서 '사라짐'이 '다시 태어남'의 조건으로서 오르페우스 자신의 존재 방식을 규정하듯, 무엇을 얻고자 하는 또는 더 강한 존재의 구원을 얻고자 하는 욕망을 망각할 때 비로소 존재에 이르는 노래가 될 수 있다고 가르치는 여기에서 우리 자신에게도 그러한 대지와 별들의 관계와 같은 존재의 가능성이 주어졌으면 하는 희망을 표현한다.

64 **너희는 마음의 시작** 사랑이 존재의 비밀에 이르는 하나의 가능성임은 「제1비가」에서도 암시하고 있다. 또한 (능동적으로) 사랑하는 연인들의 마음이 현존재를 획득하기 위해서는 그 마음을 예술적 형상으로 변용시켜야 한다는 것도 「제5비가」에서 양탄자에 묘사된 연인의 형상을 통해 제시하고 있다. 따라서 연인들이 느끼는 사

랑은 그것이 고통일지라도 그러한 현존재 획득의 과제를 위한 "시작"일 따름이라는 것이다.

화살의 활, 그리고 화살의 과녁 활쏘기에 비유되는 연인들의 긴장 관계에 대해서는 「제1비가」 49~53행을 참조할 것. "이 가장 오랜 아픔들이 우리에게는 마침내/ 더욱 보람되어야 하지 않겠는가? 때가 되지 않았는가, 사랑을 하며/ 애인을 벗어나 떨면서 그 고통 견뎌 낼?/ 마치 화살이 시위를 견뎌 내듯이, 힘을 모아 튀어 나갈 때/ 자신 이상의 존재가 되려고. 어디에도 머무름은 없기에."

66　**눈까풀** 『신시집』에 수록된 시 「장미의 수반(Die Rosenschale)」에서는 눈까풀이 장미 꽃잎으로 비유되어 '내면의 시력'을 감추고 있는 기관이라는 뜻을 함축하고 있으며, 릴케가 별세 직전에 자기 묘비명으로 지정한 3행시("장미여, 오 순수한 모순이여, 욕망이여,/ 그토록 많은 눈까풀 아래에서/ 그 누구의 잠도 아니려는")에서는 관습적인 "잠"의 은유를 벗어난 '죽음'의 영원한 의미를 덮어 가리는 자리로 표현되어 있다. 그러므로 삶과 죽음이 일치하는 관계를 관조할 줄 아는 오르페우스에게도 그러한 눈까풀이 당연히 주어져 있다는 것이다.

푸마리아와 헨루다 풀 죽은 사람을 불러내는 힘을 가졌다고 알려진 마술의 풀

67　**덧없는 압착기** 포도를 눌러 포도주를 짜내는 압착기는 하나의 도구에 지나지 않는 것으로서 결실과 변용의 상징인 "무한한 포도주"에 비할 때 덧없다는 뜻이다.

68　**갈 수 있다** 여기서는 '가능'보다 '허용'의 뜻으로 사용되고 있다.

눈물 젖은 샘의 요정 "샘의 요정"은 오비디우스의 『변신 이야기』에 나오는 비블리스를 가리킨다. 비블리스는 쌍둥이 오빠 카우노스에 대한 금단의 사랑에 시달리다가 견디지 못하고 고백의 편지를 보냈으나, 이를 피해 고향을 떠난 오빠를 찾아 미친 듯 돌아다니며 너무나 많은 눈물을 흘리고 우는 바람에 온몸이 마침내 눈물의 샘

이 되었다는 신화의 주인공이다.

침전물 Niederschlag. '눈(雪)' 또는 '비(雨)'처럼 하늘에서 내리는 것을 뜻하기도 하고, 화학적 침전물을 가리키기도 한다. 여기서는 슬픈 감정에서 흘러내리는 눈물을 뜻하나, 그것이 감정의 찌꺼기라는 뜻까지 살리기 위해 "침전물"이라고 옮겼다.

69　**양귀비** 아편의 원료로, 일찍이 '잠', '망각', '죽음'을 환기하는 문학적 소재로 사용되었다.

70　**고대의 석관(石棺)들** 릴케가 말한 『말테의 수기』에는 그리스도교 성서의 '돌아온 탕아(蕩兒)'와 관련한 비유로 다음과 같은 구절이 들어 있다. "알리스캉 영혼에 익숙한 그림자 속에서 그를 봐야 하는가? 부활한 자들의 무덤처럼 열려 있는 무덤들 사이에서 그의 시선이 수준기(水準器)를 쫓고 있는 모습을?"

71　**이 대지의 자부심** 준마(駿馬)를 가리킨다.

그를 몰아가며 붙들면서 그에게 실려 가는 두 번째 존재 「제6비가」에서 언급한 이집트의 카르나크 신전 기둥에 새겨진 고대의 전차(戰車)를 끄는 파라오의 모습을 참조할 것

이름 없이 이미 탁자와 목초지가 그들을 갈라놓는다 함께 달린 길이 끝나고 가구("탁자")가 있는 집 안으로 들어가는 기수와 원래의 방목 장소인 목초지를 향하는 말의 가는 방향이 달라짐을 뜻한다.

72　**그리고 시계는 작은 발걸음으로 우리의 본래의 하루 곁에서 가고 있다** "시계"와 "본래의 하루"는 인공적인 기계 장치와 자연의 대조를 전제하며, 안테나와 안테나의 신호가 눈에 보이지 않는 "텅 빈 공간"에 의해 연결되듯이 인간의 진정한 존재도 그와 같은 "실제적인 관계" 속에서 저절로 가능해진다는 것이다.

이름 없이 이미 탁자와 목초지가 그들을 갈라놓는다 함께 달린 길이 끝나고 가구("탁자")가 있는 집 안으로 들어가는 기수와 원래의 방목 장소인 목초지를 향하는 말의 가는 방향이 달라짐을 뜻한다.

사소한 일들을 통해 너로부터 모든 방해를 피하지 않았는가? "사소한 일

들"은 "순수한 긴장"에 대한 "모든 방해"를 피하려는 억지 노력이라는 부정적 의미를 함축한다.

73 **삶과 죽음을** 과일의 맛에 삶과 죽음의 일치된 의미를 부여한 것은 바로 그다음 소네트에서도 지적하고 있듯이, 땅으로 돌아간 죽은 이들이 과목의 뿌리로 생명력을 공급하여 열매를 맺은 때문이라고 생각했기 때문이다.

75 **그저 음악 조금, 스텝 하나, 한 마디 흥얼거림** 과일의 맛("경험한 열매의 맛")을 춤으로 느끼는 시적 상상력이다.

그 단맛에 저항하는 모습 오렌지 껍질의 쓴맛을 의인화한 표현. 쓴맛과 단맛이 어우러지는 오렌지가 오르페우스의 존재 방식을 닮은 것으로 나타난다.

76 **제 털을 둘러쓴 에서** 릴케는 그리스도교 성경 창세기에 나오는 쌍둥이 형제 야곱과 에서의 장자권 다툼의 이야기를 인용하지만, 형 에서가 동생 야곱에게 장자권을 팔았다든가, 동생 야곱이 짐승의 가죽을 뒤집어쓰고 털복숭이 형 에서로 가장하여 앞을 잘 못 보는 아버지 이삭으로부터 장자의 축복을 받았다는 내용과는 아무 관련이 없다. 따라서 "제 털을 둘러쓴 에서"는 본래 모습을 한 그대로의 에서라는 뜻이다.

77 XVII 이 소네트는 한 가문의 족보를 한 그루 나무로 나타내는 계통수(系統樹)를 모티프로 삼는다. 릴케는 그리스도교 구약성경(룻기)에 나오는 구렁이 이야기를 모티프로 삼은 프랑스의 작가 빅토르 위고의 시에서 영향받았을 것으로 추정된다.

라우테 Laute. 만돌린과 비슷한 모양의 고대 현악기

이것만은 꼭대기에서 처음으로 구부러지며 칠현금이 된다 예술가의 탄생을 의미한다. 릴케는 평생 자신이 귀족 가문과 관계있다는 것을 입증하려고 노력했다. 다만 초기의 토마스 만이나 『말테의 수기』에서 묘사한 퇴폐적 사유 경향과는 반대로 한 가문이 몰락한 것이 아니라 끝없이 상승한 진화의 결과로 예술이 탄생했다고 그린다.

78 **주** 오르페우스를 가리키며, 기계의 소음조차 현대 문명인의 운명
으로서 오르페우스의 노래 안으로 끌어들이려는 릴케의 의도를
나타낸다.

79 **앞선-노래** Vor-Gesang. 신화 속에 존재하는 오르페우스의 노래
를 가리키며, 삶과 죽음의 경계를 뛰어넘는 힘을 지닌 그의 노래를
그다음 3행연에서 말하는 "고통"과 "사랑"을 주제로 하되 아직 불
충분한 인간의 노래에 대조시키고 있다. 당연히 오르페우스의 노
래는 인간이 모범으로 삼아야 한다는 뜻을 함축한다.

베일을 벗지 않았네 『신시집』에 수록된 시 「죽음의 경험(Todes-
Erfahrung)」 가운데 다음 구절을 연상시킨다. "우리는 이 떠나감
에 대해서 아무것도 모른다. 그것은/ 우리와 함께 나누지 않는다.
아무 근거도 없이/ 우리는 경탄이나 애정 또는 증오를 죽음에 보
이면 안 된다. (…)"

대지 현세(Hiersein)의 고백과 함께 '궁핍한 땅'이라는 뜻이 함축
되어 있다.

80 **XX** 이 소네트는 릴케가 1900년 루 안드레아스-살로메와의 두 번
째 러시아 여행에서 체험한 내용을 소재로 삼고 있다. 1922년 2월
11일 루에게 보낸 편지글의 일부는 다음과 같다. "방금 나는 (…)
썼어요, 아니 만들었어요, 그 말을. 그대도 알다시피, 발에 말뚝을
매단 채로 풀려난 행복한 그 백마는 저녁 무렵 볼가 강가의 초원에
서 우리를 향해 뛰어왔지요. 내가 어떤 모양으로 그 말을 만들었을
까요? 오르페우스에게 바치는 봉헌물(Ex-voto)로 만들었어요!
― 시간이란 무엇인가요? 언제가 현재인가요? 그 오랜 세월을 건
너 그 말은 내게로 뛰어왔어요. 완전히 행복에 겨워, 활짝 열린 감
정 속으로."

81 **XXI** 릴케는 이 소네트가 어느 날 아침 일어난 자리에서 단숨에 완
성되었음을 베라의 어머니에게 알리면서, 이를 '백마의 소네트' 맞
은편에 걸어 놓으면 좋을 것이라고 했다.

81   **우리가 너를 잡겠다** 어린이들의 술래잡기 놀이를 모티프로 한다.

    그리고 뿌리와 길고 무거운 줄기 속에 인쇄된 것들 대지가 부르는 봄의 노래가 뿌리와 줄기가 접하고 있는 땅속, 즉 죽음의 기록(억)에서 연유함을 암시한다. 물론 식물의 뿌리와 줄기를 낱말의 어근(語根)과 어간(語幹)에 대응시키는 숨은 기교에서도 오르페우스에게 바치는 봉헌물의 의미를 부여하려는 릴케의 시적 의도가 나타난다.

82   **푹 쉬었다** ausgeruht. '푹 쉬다(ausruhen)' 동사의 과거분사형. 보석이나 진주가 오랜 시간을 두고 단단한 내면을 형성하듯이, 어둠과 밝음, 꽃과 책으로 상징되는 모든 진정한 존재는 '푹 쉰' 결과라는 의미다.

    어둠과 밝음 우주의 두 영역. 각각 식물의 근원으로서의 땅속과 책을 이루는 정신에 대응한다.

83   **순수한 '어디로'의 방향** 하늘로 솟구치는 비행기는 오르페우스의 '순수한 상승'을 시각적으로 형상화한 것일 수도 있지만, 무한하게 열려 있지 않고 어떤 목표를 이루고자 하는 "소년의 자만심"을 벗어나지 못하면 바람으로 상징되는 자연에 못 미친다는 뜻이다.

84   **태고의 우정** 여러 신과 인간이 친구처럼 지내던 신화시대를 가리킨다.

    곧은길 "꼬부랑길"이 "곧은길"보다 아름답다는 것은 그 곡선이 영원한 순환의 형상인 원(圓)의 일부이기 때문이다. 이러한 영원에의 가능성이 우리 인간에게는 주어지지 않는다. 신이 부재한 상황에서 인간은 같은 인간밖에 의지할 수 없지만, 생명력이 다할 때까지 서로를 모르는 고독한 길을 가고 있다는 비극적 인식이 드러난다.

    불꽃 신을 모시는 제단에 희생을 바칠 때 타오르던 불꽃을 암시한다.

86   **거부당한 주신(酒神)의 무녀(巫女)들이 떼거리로 덮쳤을 때** 오르페우스

는 그의 아내 에우리디케를 죽음의 세계에서 구해 내는 데 실패한
다음부터는 혼자 있기를 좋아해서, 특히 여자들과 함께하는 자리
를 피했다. 그런데 그를 좋아하던 바쿠스의 무녀들이 이러한 그의
태도에 모멸을 느껴 그를 찢어 죽였다는 신화 내용을 가리킨다. 이
소네트는 이 신화를 소재로 삼고 있다.

87 | 이 소네트는 4연 구성과 각운의 정형을 사용하되 한 행이 3음절
에서 14음절에 이르는 가장 자유로운 형식을 구사한다. 릴케는 이
시에서 어떤 숨은 상징성을 찾지 말고 그대로 이해하기를 권했다.
즉, 규칙적인 리듬으로 내쉬고 들이쉬는 호흡은 자유로운 유희로
서 그 자체가 시라는 것이다.

한때는 매끄러운 껍질이더니, 내 말의 둥근 줄기이며 잎새 내쉬는 숨이
공기에 닿아 '눈에 보이지 않는 나무'로서의 시가 되는 과정을 묘
사한 것이다.

89 **마치 체의 구멍들로 채워진 시간의 틈새들같이** 릴케는 "체의 구멍"이
라는 대담한 비유를 통해 거울의 투과성(透過性)을 묘사할 뿐만
아니라, 거울을 "틈새 시간"의 장소로, 즉 시간의 공간화가 이루어
지는 장소로 표현하고 있다.

낭비자들 Verschwender. 돈을 헤프게 쓰는 자를 뜻한다. 아무것
도 가진 것이 없으나, 그 안에 비치는 모든 공간을 품어 안을 수 있
을 뿐만 아니라 그대로 되비치기도 하는 거울의 포용성에 대한 은
유다. 이러한 거울의 은유는 태허(太虛)를 우주의 본질로 파악한
고대 중국의 도가(道家) 사상과 비슷하다.

나르키소스 숲속 호수에 비친 제 모습에 반하여 이를 끌어안으려
고 몸을 숙였다가 그만 물에 빠져 죽은 자리에서 수선화로 피어
났다는 고대 그리스 신화의 인물. 현대 심리학에서는 자기애(自己
愛)의 상징으로 해석하고 있으나, 릴케는 오히려 이 신화를 '자기
해체', '자아극복'의 전형으로 재해석한다. 그러므로 "맑게 용해된
나르키소스"는 "가장 아름다운 그림"으로 거울 안에 남아, 거울의

속성마저 나르키소스의 속성으로 완전히 변용시킬 수 있으리라는 희망을 표현한다.

90 **IV** 릴케는 『말테의 수기』에서 프랑스 클뤼니 수도원에 걸려 있던 다섯 장의 벽걸이 양탄자에 그려진 일각수와 처녀들의 모습을 인상 깊게 묘사한다.

그들은 처녀들을 가리킨다.

91 **아네모네** 릴케는 로마에서 겪은 자신의 실존적 체험에 대한 이 은유적 의미("아네모네")를 1914년 6월 26일 자로 루에게 보낸 편지에서 다음과 같이 고백한 바 있다. "최근 로마의 정원에서 본 작은 꽃 아네모네와 같아요. 그 꽃은 낮 동안 너무 벌어져서 밤에는 더 이상 오므릴 수 없었어요. 깜깜한 초원에서 그 꽃을 보기가 무서웠어요. 미친 듯이 활짝 열어젖힌 술잔 안으로 계속 술을 받듯이 꽃잎이 활짝 피어 있는데, 머리 위에는 아직 끝나지 않은 밤이 너무나 많은데 (…) 나 또한 그렇게 치유할 수 없을 정도로 밖을 향하고 있어요."

92 **홑겹의 꽃받침** 발레는 릴케가 『두이노의 비가』와 『오르페우스에게 바치는 소네트』를 완성한 스위스 남부의 주를 가리킨다. 그는 프랑스 파리에서 개최된 장미 전시회에서 에글렌타인을 고대, 특히 페르시아의 장미 품종으로 알았다고 하나, 이는 역사적 사실과 일치하지 않는다. 고대에도 센티폴리아(centifolia)처럼 겹꽃의 장미 품종이 있었으며, 에글렌타인은 오리엔트에서 유래한 것이다. 이 무렵 릴케도 뮈조트 저택의 정원에서 장미 화원을 가꾸고 있었다.

93 **꽃들이여** 이 소네트에서 꽃은 세 가지 모습으로 나타난다. ① 꺾여서 식탁 가득히 어지러이 놓인 꽃 ② 정돈하는 소녀들이 손에 치켜든 꽃 ③ 꽃병에서 소생하는 꽃

94 **명대(銘帶)를 지닌 양** 명대는 그림의 한쪽 부분에 그 그림에 대한 내용을 적어 놓은 부분을 가리킨다.

사라져 가는 한 아이가 떨어지는 공 밑으로 들어갔다 릴케의 시에서 공

을 던져 주고받는 공놀이는 '관계 맺음'의 중요한 상징으로 사용된다.

에곤 폰 릴케 Egon von Rilke(1873~1880). 1873년 귀족 작위를 받은 릴케의 백부 야로슬라프 폰 릴케의 막내아들. 릴케는 어머니에게 보낸 1924년 1월 24일 자 편지에서 요절한 사촌에 대해 다음과 같이 썼다. "저는 그 아이에 대해 자주 생각하고, 그럴 때마다 말할 수 없이 감동적으로 남아 있는 그 아이의 모습을 돌이켜 보게됩니다. (…) 그는 『말테의 수기』에서 요절한 에리크 브라에의 모델이 되기도 했지만, 덧없음을 노래하는 여덟 번째 소네트와도 연관 지어 그를 다시 불러냈습니다."

95 **무한한 짝짓기** 초월적 존재가 내재적 존재와 합일되는 것을 암시한다.

96 **기계가 복종보다는 정신 속에서 존재하려고 설치는 한** 이 주제에 대해서는 릴케가 디터 바세르만(Dieter Basserman, 1887~1955)에게 보낸 1926년 4월 29일 자 편지에 더욱 확실하게 표현되어 있다. "기계를 그 선정적이고 까다로운 영역에서 쫓아내어 아주 특별한 방식으로 이롭게 봉사하는 분야로 가져오는 것(그것은 묘사보다는 통제가 될 텐데), 그것이야말로 현재 길을 잘못 들어서 사려 깊지 못한 저 '진보'에 대한 최후의 성찰이 될 것입니다."

거룩한 집 "거룩한 집"은 '언어와 음악의 집'으로서, 기계가 짓는 '거주할 수 있는 집'이 아니라 피조물의 "진동하는 돌들"로 짓는 피조물 자체의 예술적 변용이기 때문에, 현실적 유용성을 벗어난 "쓸모없는 공간"에서 "현존재"를 담보할 수 있으리라는 것이다.

97 **XI 카르스트**는 알프스산맥의 석회암 대지(臺地)를 가리킨다. 릴케가 카타리나 키펜베르크에게 보낸 1911년 10월 31일 자 편지에 따르면, "알프스 석회정(石灰穽)에서 있었던 비둘기 사냥에 참석했었는데, 그가 말없이 두송 열매를 먹고 있는 동안 사냥꾼들은 깔때기처럼 생긴 깊은 암석 틈에서 세게 부딪치며 날아오르는 아름

다운 야생 비둘기를 잡느라고 그를 완전히 잊어버리더군요"라고
했다.

98 **다프네** Daphne. 그리스 신화에 나오는 페네이오스의 딸. 사랑의
신 에로스를 조롱한 죄로 에로스의 금화살을 맞아 다프네를 사랑
하게 된 아폴로가, 에로스의 납화살을 맞아 어떤 남자도 사랑하지
않게 된 다프네를 뒤쫓아 가는 긴박한 상황에서, 다프네는 페네이
오스 강가에서 강의 신인 아버지 페네이오스에게 구원을 요청하
여 월계수로 변신했다. 그 후에 활과 음악의 신 아폴로는 자신의
머리와 칠현금과 요리사를 월계수 잎으로 장식하게 했다고 한다.

99 **기울기의 영역** 모든 것이 덧없이 사라져 가는 세계. 따라서 "기울
기"는 공간적 개념이 아닌 시간적 개념이다.

   울림 속에 이미 깨져 버린 시각적 형상("유리잔")이 청각적 형상("울
림")으로 변용됨으로써, "깨짐"은 소멸의 현상이 아닌 존재 차원의
변화 과정에 지나지 않음을 암시한다.

100 **꽃들에게 우리가 운명의 한 자락을 빌려주었건만** 자연(꽃)에 인간적
운명의 의미를 부여하는 주관적 태도를 가리킨다.

   모든 것이 떠다니려 하니 인간적 운명에 사로잡히지 않는 '관계' 속
에 존재하는 사물의 유동성을 가리킨다.

   우리는 사물들을 괴롭히는 선생 순수하게 행복한 어린이를 쓸데없이
가르치려 드는 학교 선생의 간섭에 비유하여, 자족적으로 존재하
는 사물에 인간적 운명의 의미를 부과함으로써 그 존재의 의미를
왜곡하는 행위를 가리킨다.

   깊이로부터 여기서 "깊이"는 사물과 하나가 된, "내면의 잠 속" 깊
이를 말한다.

   개심자(改心者) 죽음을 부정적 운명으로만 보지 않고, 삶의 일부로
받아들이기로 마음을 바꾼 사람을 뜻한다.

101 **수로교(水路橋)** 고대 로마의 수도(水道)

   아페닌 Appenin. 이탈리아의 산맥

102 **움직이지 않고 마주 설 뿐이다** 릴케가 1911년 이집트 여행 중에 본 고대 이집트 사원의 한 부조상을 반영한다. 그 부조상에는 신들이 제물을 봉헌하는 사람들과 마주 서서 제물을 받는 장면이 묘사되어 있다고 한다.

그러나 양은 그의 방울을 간구한다, 말 없는 본능에서 양을 잃어버리지 않으려고 양에 방울을 다는 것을 표현한 것이다. 말 없는 본능과 시끄러운 방울 소리의 대립은 양의 온순한 성격에 의해 지양된다는 뜻을 함축하고 있다.

103 **낯선 위안의 열매들** 이 소네트에서는 일종의 신화적인, "낯선 위안"의 풍경이 묘사되어 있다.

도식(圖式) 릴케의 시에서 "도식"은 "형상"의 대립 개념이다. "형상"은 현존재의 이상에 가까운 것으로서 주로 자연의 결실 과정이나 '마음'의 예술적 변용을 통해 나타나는 것인 반면, "도식"은 『두이노의 비가』의 「제7비가」와 『오르페우스에게 바치는 소네트』의 「제2부」, 열 번째 소네트에서 비판의 대상이 된 "정신"의 조작에 의한 결과일 뿐이라는 부정적 뜻을 함축한다.

104 **XVIII** 이 소네트에서 카타리나 키펜베르크 부인은 릴케가 로마에서 자주 감탄하며 관람한, 무희의 그림이 그려진 고대 그리스의 도자기를 찬양한다고 했으나, 오히려 이 소네트를 쓸 시기에 만난 프랑스 시인 폴 발레리, 특히 그의 『영혼과 춤』이라는 대담집에서 더 강한 영향을 받았으리라 추정된다. 발레리에게 춤은 창조적 행동을 상징한다.

헌정 원문에서는 darbringen 동사의 과거 2인칭 단수형을 쓰고 있는데, 이 동사의 주요 의미는 '바치다'다.

조달된 한 해 원문에서는 erschwingen 동사의 과거분사형을 쓰고 있는데, 이 동사의 원뜻은 '조달하다', '(비용을) 지불하다'이다. 따라서 이 구절은 춤의 형상으로 변용시키기 위해 사용된(조달된) 한 해의 (흘러간) 시간을 의미한다. 자칫 '흔들다'를 뜻하는

schwingen 동사와 혼동할 수 있다.

원숙해 가며 줄이 쳐진 항아리, 그리고 더욱 원숙한 꽃병 춤의 회전 동작과 회전판에서 완성되는 도자기의 형성 과정을 동일하게 연관시키고 있다.

105 **언제나 벌려 있는 이 손** 이 소네트에서는 은행의 물질주의적 측면을 비판하는 동시에 '눈 먼 걸인'을 오르페우스 신화적 형상으로 찬미하고 있으며, 릴케가 카타리나 키펜베르크에게 보낸 1913년 3월 27일 자 편지에 다음과 같은 구절이 들어 있다. "걸인은, 스페인에서, 도처에 은폐된 운명에서 스스로 꺼내 든 손입니다."

106 **존재자의 뼘** Seienden Spanne. 하이데거는 존재와 존재자를 '실존적 차이'로 구별하지만, 여기서 릴케는 존재자를 덧없는 '우리' 인간과 달리 영원한 존재의 영역에 속한 자라는 뜻으로 쓰고 있다.

생선의 얼굴 릴케는 1907년 1월 16일 수첩에 이탈리아 나폴리의 시장에서 한 생선 상인의 좌판 위에 놓인 죽은 생선을 보고 그 눈과 주둥이의 인상을 적어 놓은 바 있다. 이 메모는 나중에, 특히 주관성을 배제하고 객관적 사물에 집중하는, 이른바 '사물시'를 지향한 시기에 「생선 상인의 좌판」이라는 제목의 산문시로 완성되었는데, 릴케는 훨씬 뒤(1925)에 "탄식하고 있는" 것처럼 보이는 생선의 주둥이는 오히려 시인의 실존 방식, 즉 '침묵'의 비유라는 해석을 달았다.

107 **이스파한** Isfahān. 기원전 6세기에 건설되어 16, 17세기에 이란의 수도였다. 주변의 비옥한 땅으로 유명해졌다.

시라즈 Shirāz. 장미원으로 유명한 이란의 중남부에 있는 오래된 지역 도시. 릴케는 생전에 이스파한이나 시라즈에 가 본 적이 없다.

108 **오 운명에도 불구하고** 릴케는 간호사 지모네 브뤼슈틀라인(Simone Brüstlein, 생몰년 미상)에게 보낸 1922년 1월 13일 자 편지에 다음과 같이 썼다. "전쟁, 도처에서 아직도 전쟁 중입니다. 어디를 봐도 모든 것이 중단되고, 분리되고, 파괴되고, 파편 더미 속에 파편

으로 놓여 있습니다. 그런데 세상을 합쳐 보려는 손들은 서로 맞지 않는 단면들을 쉬지 않고 고집스럽게 갖다 대고 있습니다! 오직 (문화적이고 예술적인 '과다'와 '잉여'로 존재하는 사물들에 남아 있는) 아주 오랜 단면만이 정당하고, 자연이 그것들을 인정했습니다. — 카르나크 신전의 벽, 사포의 단편(斷篇)들, 그리고 '아비뇽의 다리'가 그것들입니다." 한편 릴케는 이보다 먼저 독일 브레슬라우 출신의 여성 화가 발라디네 클로소브스카(Baladine Klossowska, 1886~1969)에게 보낸 1920년 12월 16일 자 편지에서 정신 상태와 영혼의 고양을 중단 및 파멸시킬 수 있는 (질병을 포함한) 모든 외적 사건을 운명이라고 명명했다.

오늘날엔 과잉이, 똑같은 것이련만 과거의 문화 예술이 '현존재의 과잉'으로서 그 흔적을 남긴 반면에, 오늘날엔 과거와 똑같은 "과잉"의 속성을 지녔으면서도 속도만 추구하는 덧없는 세태의 '운명'을 비판하는 구절이다.

수평의 노란색 "노란색"은 햇빛을, "수평"은 직선으로 흘러가는 시간의 속성을 시각적으로 표현한 것이다.

109 **언제나 돌려 버리는 개의 얼굴** 릴케는 개를 완전히 인간에게 의존하는 동물로서 아주 가깝게 느끼면서도, 1907년 스페인 코르도바에서 만난 어느 암캐에 대한 묘사에서는 잘 따르는 개가 자신과 눈이 마주치자 당황하고 의심하는 표정으로 바뀌면서 아무것도 확실하게 붙잡지 못하는 눈빛이었다고 부각한다.

그래도 이 접속 부사는 운명의 부정적 의미마저 삶의 조건으로 인정하는 태도를 강조한다.

우리는 나뭇가지이며, 쇠톱이고 이 시구는 "자기가 올라앉은 나뭇가지를 톱으로 자른다"('그의 생활 근거까지 박탈하다'라는 뜻)라는 관용구를 원용하고 있다.

110 **부드럽게 풀린 진흙** 이 구절은 야훼가 진흙으로 사람의 형상을 빚어 최초의 인간 아담을 창조했다는 그리스도교 구약성경, 창세기 2장

의 이야기를 패러디한 것이다.

그래도 축복받은 만(灣)을 끼고 도시들은 세워졌고 이탈리아와 북아프리카를 자주 여행한 릴케는 이 소네트에서 지중해 연안의 도시 문명을 염두에 둔 것 같다.

우리는 여러 신, 우리는 그들을 비로소 대담한 구상 속에 계획하고 여기서는 '생성되어 가는 신', 『말테의 수기』에서도 말하고 있는 '미래에 (예술가들에 의해) 완성될 신'이라는 릴케 고유의 생각이 표현되어 있다. 이런 생각은 『시도집』에서 대성당 건축 과정을 묘사하는 장면에서도 표현된 바 있으나, 그 기본 사상은 프리드리히 횔덜린(Friedrich Hölderlin, 1770~1843)의 영향을 받은 것이다.

우리는 마지막에 우리의 청을 들어주는 자에게 귀를 기울일 수 있다 '귀 기울이기'는 하나의 신, 즉 오르페우스를 창조하는 형식이다. 따라서 '끝까지 우리의 청을 들어주는 자'에게 귀를 기울임으로써 오르페우스의 존재 방식을 따라갈 수 있다는 뜻이다.

112 **새의 울음** Vogelschrei. Vogel(새)과 Schrei(외침/울음)의 합성어다. 릴케는 여기서 Schrei의 이중적 의미를 새(자연)와 어린이(인간)의 대립 구조 위에서 사용한 것 같다. 따라서 우리말에 맞게 새는 울음으로, 어린이들은 외침으로 옮기는 것이 적절해 보인다.

소리 지르는 자들을 정돈하라 "새의 울음"이 자연의 일부로서 "진짜 외침"인 반면, 인간의 외침은 어린아이의 그것마저도 "우연을 향한 외침"으로서 "끈 떨어진 연"처럼 존재계로부터 떨어져 있으니, 오르페우스의 노래처럼 질서를 잡아 달라는 말이다. 릴케의 시에서 어린이는 대개 긍정적으로 묘사되나, 여기서는 부정적으로 나타난다. 릴케의 어린이에 대한 부정적 체험을 카타리나 키펜베르크는 다음과 같이 전한다. "시인은 자주 창문을 열어 놓고 작업했는데, 아이들이 소리치고 뛰어다니는 바람에 작업에 방해를 받았다. 아이들이 악쓰는 소리가 그를 별안간 깜짝 놀라게 했다."

물결 되어 머리와 칠현금을 떠받들며 오르페우스는 질투하는 요정들에게 온몸이 찢긴 채 물에 떠내려가면서도 그 머리와 칠현금은 가라앉지 않고 노래를 계속했다는 신화를 재인용한 것.『소네트』「제1부」, 스물여섯 번째 소네트 참조

113 **데미우르고스** Demiurgos. 세계의 형성자. 플라톤에 의하면 그는 영원한 이상에 따라 세계를 만들었다고 한다. 원래 단순히 '작품 제조 장인'의 뜻에서 '세계 건설자'로, 결국 그 자체로서 '세상 만악의 원인자'로 변해 왔는데, 여기서는 시간의 의인화로 쓰였다. 하지만 그 파괴력은 의문시된다.

신들의 관습 göttlicher Brauch. 여기서 "관습"은 신들에 의해 사물을 내적인 대상으로 변용시킬 임무를 '관습'처럼 받는다는 수동적인 뜻과, 그와 같은 변용을 위해 덧없는 사물들을 사용한다는 능동적인 뜻이 이중적으로 함축되어 있다.

114 **덧없이 능가한다** "춤" 자체는 덧없는 것이나, 예술적 변용의 형상으로서 있는 그대로의 자연을 능가한다는 뜻이다.

한 그루 나무 춤의 회전 동작과 그것이 묘사하는 나무 형상의 일체화 과정을 의인화하여 표현했다.

친구 릴케 자신을 가리킨다.

115 **XXIX** 릴케 자신을 가리킨다.

아득함 Ferne. 릴케의 시에서 자주 나오는 공간의 은유. 여기서는 베라의 죽음에 의하여 더 확실하게 느껴지는 삶과 죽음의 거리 또는 이별의 거리

119 **『두이노의 비가』 단장(斷章)** 여기 옮긴 시들은 릴케가 『두이노의 비가』 중 「제1비가」와 「제2비가」를 완성한 1912년 무렵부터 틈틈이 써 놓은 것들이다. 릴케는 1922년 2월 "단장(Fragmentarisches)"이라고 쓴 봉투에 이 시들을 모두 넣어 보관했다. 그는 이 시들로 『두이노의 비가』 '제2부'를 낼 생각이었고, 1922년 7월 말 시에르로 그를 찾아온 인젤 출판사 사장 키펜베르크에게 『두이노의 비가』 인쇄 원본과 함께 이를 전했으나 결국 출판하지 않았다. 한 군

데 모아서 출판하려던 이 시들에 "단장"이라는 제목을 붙이려 한 이유는 각각 완성된 시의 형식을 갖추었음에도 불구하고 『두이노의 비가』에 연결되는 '연작시'가 되기에는 아직 미완성이라고 생각했기 때문이다. 그러나 그 내용은 『두이노의 비가』의 전체 주제를 이해하기 위한 광범위한 맥락을 짚어 볼 수 있게 한다. 여기서는 그 발생 시기 순으로 우리말로 옮겼다. 원문에는 대개 제목이 없으므로, 역자가 편의상 시구 중에서 적당한 말로 제목을 달아 괄호 안에 넣었다.

175 **마리나 츠베타예바-에프론에게 보내는 비가** Мари́на Цвета́ева-Ефро́н: Marina Cvetaeva-Efron(1892~1941). 모스크바에서 미술사 교수인 아버지와 폴란드 가문 출신의 피아니스트인 어머니 사이에서 태어났다. "음악과 로만주의와 독일을" 물려주신 모친이 폐결핵에 걸리자(1902) 요양차 스위스로 떠난 모친과 동행하여 로잔의 가톨릭학교에 입학했다. 어머니가 세상을 떠난 후(1906)에는 파리의 소르본대학교에서 문학사를 전공하고(1908~1912), 러시아로 귀국하여 한 살 아래인 세르게이 야코블레비치 에프론을 만나 결혼했다. 마리나는 1917년 러시아 공산주의 혁명 이후 파리에서 가난한 망명 작가 생활을 했는데, 릴케의 초상화를 그린 화가 레오니드 파스테르나크도 당시 베를린에서 망명객으로 살고 있었다. 그는 릴케의 쉰 번째 생일을 축하하는 편지에 자신의 아들 보리스 파스테르나크가 러시아에서 유명한 작가가 되었으며, 릴케를 매우 존경한다고 썼다. 이후 릴케의 친절한 답장에 용기를 얻은 젊은 보리스 파스테르나크는 릴케에게 직접 편지를 보내면서(1926년 4월 12일), 마리나 츠베타예바를 소개했다. 그리고 『두이노의 비가』를 그녀에게 보내 줄 것을 요청했다. 이에 릴케는 즉시 『두이노의 비가』와 『오르페우스에게 바치는 소네트』를 마리나 츠베타예바의 파리 주소지로 발송했다. 이후 릴케가 세상을 떠날 때까지 두 사람은 격정적인 연애편지를 주고받았다. 릴케는 마리나

와의 관계를 "거리를 둔 사랑"의 이상으로 여겼으나 직접적인 만남은 기피했다. 이 비가는 릴케가 마리나에게 보낸 6월 8일 자 편지에 동봉된 글인데, 릴케가 한평생 쓴 시들, 즉『시도집』부터『오르페우스에게 바치는 소네트』그리고 최후기의『징』에 이르기까지의 시적 주제가 요약되어 있다. 마리나 츠베타예바는 소련비밀정보국 요원이던 사위(딸 아리아드나 남편)의 고발로 스파이 혐의를 받은 남편 에프론의 사형과 딸의 10년형을 선고받은 후, 생활고에 지쳐 1941년 8월 31일 스스로 목숨을 끊었다.

178 **콤 옴보** 기원전 395~332년 이집트 룩소르 부근에 세워진 고대 이집트의 신전

181 **훌레비츠에게 보내는 편지** 이 편지는 릴케가 작성 날짜를 적지 않고 그의 시를 번역한 폴란드의 작가 비톨트 훌레비츠(Witold Hulewicz, 1895~1941)의 몇 가지 질문 가운데 "『두이노의 비가』에 대하여" 설명해 달라는 요청에 답한 글이다. 시에르에서 보낸 릴케의 우편봉투에는 1925년 11월 13일 자 소인이 찍혀 있다.

183 **여기**『두이노의 비가』를 가리킨다.
     "오랜 학습" 원서에는 "longues étues"라고 표현되어 있다.

184 **(이곳에서)** 스위스의 저택 뮈조트를 말한다.

186 **우리는 보이지 않는 것의 꿀벌들입니다. 우리는 보이지 않는 커다란 황금의 벌통 안에 쌓아두기 위해 보이는 것들의 꿀을 열심히 모으고 있습니다** 벨기에의 작가 모리스 마테를링크(Maurice Maeterlinck, 1862~1949)의 소설『꿀벌의 생활(*La Vie des Abeilles*)』에서 따온 것이다.

188 **다만 망자의 의식이 지니는 사막의 명료함에** 릴케가 사용하는 시적 비유라 할 수 있다. 햇볕이 가득하지만 텅 빈 듯한 이미지로 망자의 의식 상태를 비유한 것으로 보인다.

241 『**보르프스베데**』역자는『보릅스베데의 풍경화가들』이란 제목으로 번역, 출간하였다.

해설

삶과 죽음의 대극을 넘어
모순의 조화 일치를 추구하는 시적 여정

안문영(충남대학교 명예교수)

1.『두이노의 비가』

　　라이너 마리아 릴케는『두이노의 비가』에 "마리 폰 투른 운트 탁시스–호엔로에 후작부인의 소유로부터"라는 제사(題詞)를 붙였다. 그는 1922년 2월 11일 부인에게『두이노의 비가』의 완성을 알리면서 이렇게 말했다. "이 전체는 **당신 것입니다, 후작부인.** 어찌 그렇지 않을 수 있겠습니까! 이것은 두이노의 비가라고 불릴 것입니다. 책 안에는 (처음부터 당신께 속했던 것을 제가 드릴 수는 없는 노릇이니) 어떤 헌정사도 들어 있지 않고, 다만 '~의 소유로부터'라고 쓸 것입니다." '두이노 성'은 이탈리아 동북부 트리에스테시 근교의 아드리아 해안 절벽 위에 서 있던 폰 탁시스 후작부인의 대저택 이름이다. 릴케는 후작부인의 초청으로 이곳에서 1911년 10월 22일부터 1912년 5월 9일까지 손님으로 머무는 동안 1912년 1월 말부터 2월 초에 「제1비가」와 「제2비가」를 완성했으며, 그 밖에도 「제3비가」, 「제6비가」, 「제9비가」, 「제10비가」의 일부가 될 몇몇 시행을 작성했다. 그만큼 '두이노'라는 장소는 『비가』의 생성사에서 특별한 인연이 있지만, 릴케가 이 명칭을 '비가'의 제목으로 사용한 데에는 또 다른 이유가 있었다. 그는 게오르크 라인하르트에게 보낸 1923년 12월 19일 자 편지에서 『두이노의 비가』라는 명칭의 유래를 이렇게 설명했다. "그 오래되고 견고한 두이노 성이 전쟁 끝에 완전히 파괴되었다는 사실이 내 결심을 도왔다네. 그 몰락한 집의 이름을 저 문학권의 연관 관계 안으로 영원히 끌어들이겠다는 결심 말이네." 덧없이 사라질 대상들을 깊은 사랑으로 감싸 안아 시적 형상으로 변용시킴으로써 그 무상성을 극복할 수 있다는 『두이노의 비가』 자체의 주제가 릴케 자신의 시집 명칭에서 그대로 실현된 셈이다. 『두이노의 비가』는 이렇게 두이노 성에서 시작되어 스페인 론다, 프랑스 파리, 독일 뮌헨을 거쳐 스위스의 뮈조트에서 완성되기까지 10년이 걸렸다. 그 사이에 제1차 세계 대전이 일어나 유럽 전체를 전쟁의 소용돌이로 몰아넣었고, 릴케도 군에 징집되어 일시적으로 『두이노의 비가』 작업을 중단할 수밖에 없었다.

『두이노의 비가』는 모두 10편 864행으로 이루어진 연작시로서, 표현 방식이 다양하고 주제가 방대하여 그 전체 내용을 하나의 유기적 관계 안에서 파악하기가 쉽지 않다. 그러나 시 텍스트의 표면에 '나'로 등장하는 서정시 일인칭의 특징을 그때그때의 주제와 연결하여 이해하면 도움이 될 수도 있다. 『두이노의 비가』의 서정시 일인칭의 기본 태도는 대체로 '비가적', '풍자적', '시론적'으로 특징지을 수 있다. '비가적' 서정시 일인칭은 '인간의 조건(conditio humaine)'을 '죽음과 고독'이라는 부정적인 면에서 주제화한다. '풍자적' 서정시 일인칭은 이러한 부정적 인간 조건을 부인하려는 모든 태도와 행동을 비판적으로 묘사한다. '시론적(poetologisch)' 서정시 일인칭은 인간의 부정적 실존 조건을 운명으로 받아들이고, 그러한 '비가적 전회'를 새로운 시 창작의 원리로 삼는다. 『두이노의 비가』에는 이 세 가지 측면이 모두 포괄되어 있다.

『두이노의 비가』의 시적 공간에서 천사들은 자연과 더불어 존재계를 대표하고, 그 맞은쪽에는 곡예사 가족, 파리의 유행 모자 제조인, 상대방을 욕구 충족의 대상으로만 생각하는 연인들, 장례식을 대목장의 분위기로 만든 이상한 '죽음의 도시'에서 일시적 행운에 취해 비틀거리는 유흥객, 평범한 일상인과 다름없는 연극배우 등이 비존재의 위험으로 떨어질 운명을 안고 있는 허망한 인간 군상으로 나타난다. 이들 모두 풍자적 서정시 일인칭의 신랄한 비판의 대상이다. 그런가 하면 어둠에 대한 자식의 근원적 불안감을 이해하지 못하는 어머니, 아들의 불확실한 미래 때문에 죽어서까지도 초조해하는 아버지도 서정시 일인칭은 풍자적으로 비판한다. 반면 하늘로 솟구치며 서로 화답하는 봄날의 종달새, 개화의 과정을 건너뛰고 곧장 결실의 비밀로 들어가는 듯 보이는 무화과, 많은 눈으로 열린 공간만을 보

며 항상 자연을 모태 삼아 뛰노는 곤충 등등이 긍정적으로 묘사
되며 덧없는 인간 군상과 대조된다. 물론 서정시 일인칭이 긍정
적으로 제시하는 인간의 모습도 있다. 요절한 어린이, 죽음을
통해 다시 태어나는 영웅, 실연의 아픔을 시로 승화한 여성 시
인, 불멸의 기념비를 남긴 이집트의 장인들 또는 도공들이 바로
그들이며, 그 맨 꼭대기에 천사들이 있다.

　『두이노의 비가』의 공간에서 천사들은 처음부터 삶과 죽음의
경계를 뛰어넘은 존재로 설정되어 있다. 그러나 서정시 일인칭
은 토비아스가 미카엘 대천사를 두려움 없이 대하던 구약성경
의 시대는 이미 지나가 버렸음을 자각하고 있다. 그리고 천사의
구원을 간구하는 행동은 **현존재(Dasein)** 구현의 가능성을 스스
로 저버리는, 자기 파괴적 결과를 초래하는 두려움의 근거로 인
식한다. 따라서 천사에게 구원을 요청하고 싶은 외침은 처음부
터 억제된다. 인간의 조건을, 비록 그것이 부정적이긴 하나 운
명으로 받아들이는 데에서 결정적으로 서정시 일인칭의 '비가
적 전회'가 일어난다. 부정적 인간 조건의 무한 긍정, 그것은 니
체의 **운명애(amor fati)**와 같다. 그러나『두이노의 비가』에서 릴
케의 운명애는 무엇보다도 '시간의 흐름'을 극복하려는 의지로
나타난다. 죽음을 향해 돌진하는 영웅과 삶의 과정이 단축된 요
절한 어린이의 존재 방식은, 외부에서 보이는 개화의 과정을 뛰
어넘고 곧장 결실의 비밀로 들어가는 무화과처럼 바로 소멸의
방향으로 결정된 시간을 앞지르는 구조를 내재하고 있기에 긍
정적으로 묘사되는 것이다. 마치 활시위의 긴장을 견디고 튀어

나가는 화살이 정지해 있는 상태와는 다른, 그 이상의 존재의 차원으로 변용하듯이, 어디에도 머무름은 존재하지 않는다는 깨달음 속에서 삶과 죽음의 대립적 상반 관계가 상보적 조화 일치의 관계로 변용된 곳에 **현존재**의 가능성이 실현된다. 따라서 『두이노의 비가』의 시론적 서정시 일인칭은 죽음의 운명에서 느껴지는 고통조차 '낭비'할 것이 아니라 현존재의 형상으로 변용시킬 것을 요청한다.

2. 『오르페우스에게 바치는 소네트』

『두이노의 비가』는 릴케가 10년이라는 세월 동안 온갖 우여곡절을 거듭하며 완성한 반면, 『오르페우스에게 바치는 소네트』는 『두이노의 비가』를 완성한 직전과 직후인 1922년 2월 2일부터 23일이라는 짧은 기간 동안 「제1부」(26편)와 「제2부」(29편)가 완성되었다.

릴케는 『오르페우스에게 바치는 소네트』 전체에 "베라 우카마 크노프를 위한 묘비명으로 썼음"이라는 제사를 달았다. 베라는 러시아 출신의 섬유 기술자이며 작가였던 게르하르트 우카마 크노프의 둘째 딸로 요절한 무희였다. 릴케는 전쟁 후 뮌헨에서 다른 작가 및 예술가들과 활발히 교류할 때 알게 된 이 소녀를 부정(父情)으로 대했으며, 그녀의 투병과 죽음에 관한 기록을 그녀의 어머니로부터 전해 받고 큰 충격을 받았다. 그러나 릴케는 요절한 베라를 『두이노의 비가』에서 현존재의 모범으로 묘사하여 "어려서 죽은 자"의 구체적 예로 받아들였다. 또한 생전 그녀의 무용은 시간과 함께 덧없이 사라지는 걸음걸이를 예술적 형상으로 변용시킨 것으로서, 그 예술적 형상은 인간이 오히려 자연의 "무딘 질서"를 능가할 수 있는 "순수한 별자리", 즉 우주적 질서 안의 형상으로 명명되기도 한다.

릴케는 『두이노의 비가』와 『오르페우스에게 바치는 소네트』를 폴란드어로 번역한 홀레비츠에게 『두이노의 비가』는 "현존재의 규범"을 세우고 『오르페우스에게 바치는 소네트』는 그러한 규범을 개별적으로 실천하는 것이라고 설명했다. 『두이노의 비가』에서 천사들이 절대적 존재의 공간을 차지하고 있다면, 『오르페우스에게 바치는 소네트』에서는 그리스 신화에 나오는 노래의 신 오르페우스가 시인의 길을 제시한다. 릴케는 죽어서도 자연 속에 노래로 편재(遍在)하는 오르페우스를 삶과 죽음의 상반적 대립 관계의 의미를 극복하고 상보적 일치 관계로 파악하는 태도의 신화적 상징으로 받아들였다. 그것은 동시에 릴케가 『두이노의 비가』에서 확립한 현존재의 규범을 실현하는 목표를 제시한다. 현존재는, 릴케의 시어의 뜻을 따르자면, 존재에 도달할 수 없고 비존재로 소멸할 운명을 지닌 인간이 그나마 이룰 수 있는 의미 있는 존재 방식이다. 『오르페우스에게 바치는 소네트』의 서정시 일인칭은 이제 더 높은 존재를 향한 구애의 외침을 거두고, 삼라만상에 편재하는 오르페우스의 노래에 청각을 집중하며, 자신의 노래도 그것을 닮아 시적 현존재를 성취하겠다는 목표를 내세운다.

  "귓속의 신전"에 모신 오르페우스를 따르는 서정시 일인칭의 어법은 무엇보다 모순어법이다. 그는 이제 궁극적으로 생사일체(生死一體)라는 모순의 관점에서 모든 사물을 노래하여 오르페우스의 제단에 바치고자 한다. 소멸하는 모든 것을 사랑하는 마음의 형상으로 변용시키라는 『두이노의 비가』의 요청은 결국 삶과 죽음, 있고 없음, 멀고 가까움, 사라짐과 머무름, 상상과 현실, 언어와 침묵 등 모든 상대성을 지양하는 오르페우스의 노래로 갈무리된다. 유리잔이 깨지는 소리에서도 그 시각적 형태가 청각적 형상으로 차원 변경하는 순간을 인식하듯이, "모든 이별에 앞서라"(『오르페우스에게 바치는 소네트』「제2부」, 열세 번째 소네트)는 요청은 바로 소멸의 운명을 받아들이겠다는 서정시 일인칭인 자신의 결심을 표현한다. 그리고 그러한 요청은 모순 자체와 일체되는 어법으로 나아간다. 릴케는 『오르페우스에게 바치는 소네트』 전체를 이런 의미의 모순된 명령으로 마무리하고 있다.

  그리고 지상의 사물이 너를 잊었거든,
  조용한 땅에 대고 말하라, 나는 흐른다고.
  빠른 물살에 대고는 말하라, 나는 있다고.

  (빠른) 흐름과 (머물러) 있음이 나의 모순된 양면이고 말하기의 내용일진대, 땅과 물살이라는 상반된 대상을 향해 말하라

는 명령은 곧 말하는 주체와 그 대상이 일체가 되라는 뜻일 뿐이다. 모순 자체와의 일치, 그것은 언어도단의 경지이며, 오직 운명을 사랑하는 마음만이 느낄 수 있는 것이다. 20세기 벽두에서 물질문명의 폐해를 목도하며 존재의 근거를 찾아 헤매던 서양의 시인이 동양의 고전이 가르치는 모순의 진리에 도달했다는 사실은 매우 놀라운 바가 있다. 더욱이나 '시각의 언어'의 한계를 극복하고 '심장의 언어'를 지향하며, 그 중심에 사랑을 놓고 있다는 점에서 이성 중심의 서양 근대 문명의 한계를 벗어나려는 릴케의 면모가 돋보인다.

3. 역자의 변명과 감사의 말

릴케의 두 장편 연작시 『두이노의 비가』와 『오르페우스에게 바치는 소네트』는 오늘날 유럽 문화권에서 현대 고전이 되었다. 역자는 이 대작을 첫 번역한 이후 30여 년 만에 수정 및 보완하였다. 언어 체계가 다른 두 언어를 번역으로 서로 등가성을 실현한다는 것은 애당초 불가능하다고 하지만, 차후에 원전 이해의 명백한 오류가 발견되었을 때 그 수치심은 견디기 힘들었다. 이 수정 작업은 그러한 오역을 조금이나마 줄여 보려는 역자의 안간힘이겠다. 그럼에도 불구하고 이 번역은 릴케의 시 텍스트를 역자가 이해한 만큼의 결과에 지나지 않음을 밝힌다. 덧붙여 지난한 이 작업 과정에서 역자가 긴장의 끈을 놓지 않게끔 힘을 주신 분들에게 이 자리를 빌려 감사를 드리고 싶다. 우선 『두이노의 비가』의 오역 부분을 꼼꼼하게 지적해 주신 이정순 교수에게 감사드린다. 그리고 손재준 교수가 번역한 『오르페우스에게 바치는 소네트』에서는 시적 발상의 의미 파악에 필요한 시적 영감을 얻었다. 벌써 반세기 전에 역자를 릴케의 시 세계로 이끌어 주신 은사님의 음덕에 깊은 감사를 드린다. 2023년 1월부터 1년 가까이 『두이노의 비가』와 『오르페우스에게 바치는 소네트』의 원서 강독에 참여하신 충남 공주 '길담서원'의 책모임 회원 분들에게도 고마움을 전한다. 그들의 직설적이고 솔직한 질문에서 많은 것을 다시 배웠음을 고백한다. 이번 작업에서 번역 텍스트의 가독성에 좀 더 신경을 쓴 것은 이 경험 덕분이다.

무엇보다도 이 중요한 작품이 릴케 탄생 150주년(2025)에 즈음하여 을유문화사 '세계문학전집'에 포함될 수 있도록 기회를 만들어 주신 서울대학교 최윤영 교수와 을유문화사에 깊은 경의와 고마운 마음을 전하고 싶다.

판본 소개

 이 번역은 1996년 독일 인젤 출판사에서 네 권짜리 주해본 (Kommentierte Ausgabe; KA)으로 간행된 릴케 전집 제2권의 *Duineser Elegien*(199~234쪽)과 *Sonette an Orpheus*(237~272쪽)를 저본으로 삼았다.

 최초 릴케 전집은 그가 별세한 다음 해인 1927년 가을에 여섯 권짜리 모음집(Gesammelte Werke; GW)으로 발간되었다. 이 판본은 릴케 생전에 그의 작품의 출판을 도맡았던 안톤 키펜베르크(1874~1950)와 의논한 것으로, 1930년 재판을 찍은 이후 절판되었다. 그리고 1938년에 같은 출판사에서 두 권짜리 선집(Ausgewählte Werke; AW)이 발행되었다.

 베를린 출신의 고전문헌학자 에른스트 친(Ernst Zinn, 1910~1990)은 새로운 릴케 전집을 발간하기 위해 릴케의 딸 루트(Ruth Sieber-Rilke, 1901~1972)와 협력하여 산재한 릴케의 유

고를 수집하고, 각 텍스트의 발생 시기를 확정하여 최초의 전집
보다 전체 분량이 세 배로 늘어난 전집(Sämtliche Werke; SW)을
1955년부터 여섯 권으로 발행하기 시작했다. 이 전집의 발행인은
릴케 문서 박물관(Rilke-Archiv)이고, 인젤 출판사에서 1966년
에 완간되었다. 이 판본의 서지 사항은 원문으로 다음과 같다.

Rainer Maria Rilke. *Sämtliche Werke*. Herausgegeben
vom Rilke-Archiv in Verbindung mit Ruth Sieber-Rilke
besorgt durch Ernst Zinn, Insel-Verlag Frankfurt am Main
1955~1966.

이 판본은 릴케 연구자들의 정본이 되었으며, 인젤 출판사는
릴케 탄생 100주년을 기념하기 위하여, 원래의 텍스트를 사진
복사 기술로 그대로 찍어 엮되 각 권을 두 부분으로 나누어 열두
권을 보급판으로 간행하였다. 이 번역의 저본이 된 주해본(KA)
제1, 2권도 이 전집(SW)에 바탕을 둔 것이다. 이 주해본의 서지
사항은 원문으로 다음과 같다.

Rainer Maria Rilke. *WERKE, kommentierte Ausgabe in
vier Bänden*. Herausgegeben von Manfred Engel, Ulrich
Fülleborn, Horst Nalewski, August Stahl; Bd. 2, Rainer Maria
Rilke, *GEDICHTE 1910 BIS 1926*, Herausgegeben von
Manfred Engel und Ulrich Fülleborn. Insel Verlag Frankfurt

am Main und Leipzig 1996.

    이 주해본은 전집(SW) 제1, 2권에 수록된 거의 모든 텍스트를 포함하는 한편 전집 제3권의 초기 작품들은 제외시켰다. 그 밖에도 전집(SW)에서 제6권, 산문 텍스트 뒤에 위치시킨 산문시는 릴케의 평가에 따라 서정시에 넣었다. 만프레트 엥겔은 주해본의 텍스트와 주석의 구성에 관하여 다음과 같이 말했다. "릴케의 서정시에 대한 기존의 모든 선집류와 전집(SW)과 구별되는 주해본(KA)의 가장 중요한 차이는 텍스트를 연대순으로 정돈했다는 것이다. (⋯) 전집(SW)은 (⋯) 서정시 작품들을 여러 '계열'로 세분했는데, 그 기본 원칙은 결국—시인이 타당하다고 인정한 형식으로 발간된 작품들의—'완성품'으로부터 사적으로만 전달된 헌시를 거쳐 미발표 내지 미완성 작품에 이르기까지 등급을 두는 것이었다. 그러한 계열 구성은 미완성 단편(斷篇)에도 심미적 가치를 부여하며, 출판 편집상 대개 초판을 중시하는 우리의 달라진 작품 개념에 일치하지 않는다. 그러나 그런 계열 구성은 무엇보다도 동시에 발생한 작품들의 상호작용을 인지하거나, 주제와 모티프 그리고 시 창작법의 역사적 발전 과정의 인식을 쓸데없이 어렵게 한다. 그러므로 주해본(KA)에 수록된 모든 텍스트는 연대순으로 정돈하였다. 물론 릴케에 의해 만들어진 작품의 통일성을 유지할 필요가 있거나 정확한 발생 일자를 모를 경우는 이 원칙을 제한했다." 따라서 『두이노의 비가』와 『오르페우스에게 바치는 소네트』의 통일성은 릴케

의 의도를 따라 유지된 것이지만, 릴케의 시 전체를 1) 초기시,
2) 중기시, 3) 후기시로 나누고, 4)『소네트』를 그 이후의 시와
함께 묶은 점은 릴케의 시적 문체의 변화에 대한 편집자의 해
석을 반영한 것이다. 말하자면 만프레트 엥겔은『소네트』의 간
결한 형식과 어법을 1922년 이후 릴케가 세상을 떠나기 직전인
1926까지 쓴 시에 적용한 창작법의 새로운 단초로 보고 있다.

　주해본(KA) 제1, 2권의 공동 발행자인 울리히 퓔레보른은 '현
대 고전' 작가의 반열에 오른 릴케의 시에 대한 "최초의 상세한
주해본"은 개별 작품의 주제와 모티프를 이해하는 데 필요한 배
경지식뿐만 아니라, 까다로운 언어 구조와 난해한 구절에 대한
'학문적 주석'을 제시하겠다는 의지를 표현하고 있다. 따라서
주해 부분은 개별 시 텍스트의 이해에 필요한 어구를 해석하는
것 외에 창작 시기에 따른 시대 배경과 시인의 문제의식에 대한
사회-문화사적·심리학적 설명, 그리고 창작과 관련하여 시인
이 지인들에게 보낸 글들을 함께 수록하여 작품에 대한 포괄적
이해를 돕고 있다.

　역주를 위해서는 주로 이 주해본을 참고했으나, 아래의 문헌
도 큰 참고가 되었다.

Jacob Steiner, *Rilkes Duineser Elegien*, Bern u. München
1962.

Hermann Mörchen, *Rilkes Sonette an Orpheus*, Stuttgart
1958.

Ingeborg Schnack, *Rainer Maria Rilke. Choronik seines Lebens und seises Werkes*, 2 Bde., Frankfurt a. M. 1990.

Gunnar Decker, *Rilke. Der ferne Magier. Eine Biographie*, 2. Aufl. München 2024.

라이너 마리아 릴케 연보

1875 12월 4일 오스트리아-헝가리 제국(1867~1918)에 속한 프라하에
서 독일어를 사용하는 소수 민족의 하사관 출신 시골 역장이던 아
버지 요제프 릴케(1838~1906)와 알자스에서 이민 온 프라하의 명
문가 출신 어머니 피아 조피의 둘째 아들로 태어남. 손위 누이는 릴
케가 7개월 반 된 조숙아로 태어나기 전에 병사했음. 12월 9일 장크
트 하인리히 교회 인명록에 '르네 카를 빌헬름 요한 요제프 마리아'
라는 세례명으로 등록. 릴케가 태어난 자정 무렵의 시각이 예수 탄
생 시각과 같음을 기억한 어머니는 첫딸을 수주일 만에 잃고 얻은
아들의 탄생을 성모 마리아가 내린 은총으로 여겨 릴케를 "마리아
의 자식"이라고 부름

1882 프라하의 피아리스트 수도회에서 운영하는 독일 초등학교에 입학.
당시 프라하에서 독일어를 사용하는 중산층 유대인과 프로테스탄
트 가정의 남자 어린이들이 이 학교에 다님

1884 부모의 별거가 시작됨

1885 이탈리아 카날레에서 어머니와 함께 여름방학을 보냄. 양친을 위한
시 「슬픔에 대한 탄식」을 지음

1886 장크트 푈텐 황립 육군 유년실과학교 조기 입학

1890 메리슈 바이스키르헨 예비사관학교 입학

1891 군사학교 자퇴. 린츠 무역 아카데미(3년 과정) 입학. 지방의회 의원
      이던 백부 야로슬라프 폰 릴케의 후원을 받음

1892 5월 무역 아카데미 자퇴. 법학 공부를 권유받고 프라하로 돌아와 독
      학으로 아비투어(대학입학자격시험) 준비. 린츠에서는 학교 공부
      보다 박물관, 음악회, 연극과 카니발, 무도회 등을 찾아다니며 독서
      와 시 쓰기에 몰두하였음. 결석 일수가 많았지만 학교 성적은 좋았
      음(53명 학급에서 2등). 당시 연상의 가정교사와 사랑에 빠져 있던
      릴케는 린츠에서의 학업을 갑자기 중단하고 프라하로 옮긴 것을 이
      여인으로부터의 해방이라고 말함

1893 포병 장교의 딸 발레리 폰 다비트-론펠트와 사귐

1894 11월 첫 시집 『인생과 노래(*Leben und Lieder*)』 출간. 이 시집은
      발레리가 경비를 댄 덕분에 출간되었으나, 나중에 릴케는 이를 후
      회하며 이 시집을 전집에 넣는 것을 거부했다고 함

1895 7월 아비투어 획득. 프라하대학 입학. 미술사, 문학사, 철학 강의 수
      강. 12월 시집 『가신봉제(家神奉祭, *Larenopfer*)』 발간

1896 1월 자신의 시가 포함된 부정기 간행물 『치커리(*Wegwarten*)』를
      창간하여 병원, 시민 단체, 수공업 노동자들에게 무료 배포. 잡지는
      3호까지만 나옴. 8월 6일 단막극 「지금, 그리고 우리가 죽어 가는 시
      간에」를 프라하의 독일 민중극장에서 상연. 9월 29일 뮌헨대학 등
      록. 르네상스 미술사, 미학 기초, 다윈론 등 수강. 12월 시집 『꿈의 왕
      관을 쓰고(*Traumgekrönt*)』 발간

1897 3월 28~31일 베네치아 첫 번째 체류. 5월 12일 루 안드레아스 살로
      메와 첫 만남. 루의 권유로 '르네'라는 본명을 '라이너'라는 독일식
      이름으로 바꿈. 6월 4일 징병소집 신체검사 결과 군 면제 받음. 시
      집 『강림절(*Advent*)』 발간

1898 3월 5일 프라하의 독일 딜레탕트 협회에서 '현대 서정시' 강연. 산
      문시 실험을 단호히 반대함. 4월 15일 루를 위하여 기행문 형식의

『피렌체 일기(*Das Florenzer Tagebuch*)』 씀. 연작시 「마리아께 드
리는 소녀들의 기도」 지음

1899 베를린대학교 미술사 전공 학생으로 등록, 1900년 8월까지 수강.
4월 25일~6월 18일 루 부부와 함께 첫 번째 러시아 여행. 상트페테
르부르크와 모스크바 방문. 4월 28일 톨스토이와 만남. 6월 루에게
보내는 편지 형식의 「슈마르겐도르프 일기」 쓰기 시작함. 12월 시
집 『나의 축제를 위하여(*Mir zur Feier*)』 발간

1900 5월 7일~8월 24일 루와 단둘이 두 번째 러시아 여행. 5월 11일 화
가 레오니드 파스테르나크와 만남. 그는 『닥터 지바고』의 저자 보
리스 파스테르나크의 부친이며, 러시아혁명 이후 베를린으로 망명
함. 그가 그린 릴케의 초상화가 남아 있음. 7월 18일 니소브카에서
농민 시인 드로진과 만남. 12월 성탄절 직전에 산문집 『사랑하는 신
의 이야기(*Geschichten vom Lieben Gott*)』 출간

1901 4월 28일 브레멘에서 조각가 클라라 베스트호프와 혼인. 10월
19일 『디 차이트』에 논문 「러시아 미술」 게재. 12월 12일 외동딸 루
트가 태어남

1902 7월 베를린 악셀 융커 출판사에서 『형상시집(*Das Buch der
Bilder*)』 출간. 극작가 게르하르크 하우프트만에게 헌정함. 9월
1일 오귀스트 로댕과 만남. 클라라는 한때 로댕의 제자였음. 11월
22일 『로댕론(*Auguste Rodin*)』을 탈고함

1903 2월 17일 프란츠 크사버 카푸스에게 첫 편지를 보냄. 1908년 12월
26일까지 그에게 보낸 열 통의 편지는 1929년 인젤 출판사에서 『젊
은 시인에게 보내는 편지(*Briefe an einen jungen Dichter*)』로 발
간. 2월 말 브레멘 근교 보르프스베데에서 작품 활동을 하던 다섯
명의 화가에 대한 평전 『보르프스베데*』가 122점의 도판과 함께 발
간. 3월 말 『로댕론』이 리하르트 무터 교수가 발행하는 미술 평전
시리즈의 열 번째 책으로 발간. 3월 22일~4월 28일 이탈리아의 비
아레조에서 요양하며 『시도집(時禱集, *Das Stunden-Buch*)』 제

3부 「가난과 죽음의 기도서」완성. 8월 말~9월 9일 아내와 함께 베네치아와 피렌체 여행

1904   2월 8일 『말테의 수기(*Die Aufzeichnungen des Malte Laurids Brigge*)』집필 시작. 3월 18일 러일전쟁이 발발하자 오랜만에 루에게 안부 편지를 보냄. 8월 26일 스웨덴 보리예비에서 여성 진보교육학자 엘렌 케이가 찾아옴

1905   4월 19일 클라라는 보르프스베데로, 릴케는 베를린으로 떠남. 6월 25일~7월 17일 베를린대학교에서 게오르크 지멜의 강의 수강. 9월 12일 로댕의 초청을 받고 파리 도착. 10월 21일~11월 2일 드레스덴과 프라하에서 첫 번째 〈로댕론〉 강연 여행. 12월 『시도집』출간. 이는 원래 서양에서 중세 후기부터 평신도의 신앙 생활을 돕기 위해 사용되었으며, 보통 하루의 시각에 따라 외울 수 있도록 간략한 기도문들이 수록되어 있다. 릴케는 처음 파리에 갔을 때 센 강변의 고서점에서 특히 장정이 아름다운 시도집 몇 권을 본 적이 있다. 릴케의 『시도집』은 러시아의 한 수도사가 그의 기도실에서 올리는 기도 형식으로 구성되었으며, 「수도 생활의 기도서」, 「순례의 기도서」, 「가난과 죽음의 기도서」의 3부로 나뉘어 있다.

1906   2월 25일~3월 31일 두 번째 강연 여행. 3월 14일 부친 요제프 릴케의 사망 소식을 듣고 프라하로 떠남. 3월 19일 베를린 '예술 단체'에서 〈로댕의 작품〉 강연

1907   1월 5일 매일 아침 성 프란치스코의 전기를 읽기 시작함. 11월 15일 베를린에서 『로댕론』출간. 12월 라이프치히 인젤 출판사에서 『신시집(*Neue Gedichte*)』(제1권) 발간

1908   릴케가 1년 전 포르투갈어에서 44편을 번역한 『엘리자베트 바레트 브라우닝의 소네트』를 인젤 출판사에서 발간. 7월 29일 파리의 뫼동에서 로댕 만남. 8월 31일 비롱 호텔에 입주. 오늘날 로댕 박물관인 이곳에서 1911년 10월 12일까지 지냄. 11월 인젤 출판사에서 『신시집 별권』(제2권) 발간. 「위대한 친구 오귀스트 로댕에게」라는

헌정사를 수록함

1909 1월 7, 8일 릴케 전집을 인젤 출판사에서 발간하기로 키펜베르크가 동의함. 12월 13일 마리 폰 투른 운트 탁시스-호엔로에 후작부인과 첫 만남

1910 1월 8일 밤 파리를 떠남. 3월 19일~4월 19일 마지막 로마 여행. 4월 20일~27일 탁시스 후작부인의 초청으로 두이노 성에 머물며 오스트리아의 문화평론가 루돌프 카스너와 교류. 4월 28일~5월 11일 베네치아 체류. 5월 31일 인젤 출판사에서 『말테의 수기』 출간. 1910년 11월 19일~1911년 3월 29일 알제리, 튀니지, 이집트 여행

1911 8월 20일 탁시스 후작부인과 함께 자동차로 라이프치히 여행. 8월 22일 바이마르의 괴테 정원 방문. 8월 23일~9월 8일 키펜베르크 부부의 라이프치히 저택에서 손님으로 지냄. 10월 12~21일 탁시스 후작부인의 운전기사와 함께 아발론, 리옹, 아비뇽, 쥐앙레뺑, 벤티미글리아, 산레모, 사보나, 피아첸차, 볼로냐, 베네치아를 거쳐 두이노로 귀환. 1912년 5월 9일까지 두이노 성에 머물며 매일 저녁 탁시스 후작부인과 함께 단테의 『새로운 인생』을 읽음

1912 1월 21일 「제1비가」 완성. 1월 말~2월 초 「제2비가」, 「제10비가」의 1~15행 완성. 7월 장시 『코르넷 크리스토프 릴케의 사랑과 죽음의 노래(*Die Weise von Liebe und Tod des Cornets Christoph Rilke*)』가 인젤문고 제1호로 발간되어 베스트셀러가 됨(이 장시는 1899년 10월경에 쓴 것). 11월 1일~1913년 2월 23일 스페인 여행. 엘 그레코의 화제(畫題)로 유명한 톨레도를 비롯하여 코르도바, 세비야, 론다, 마드리드 방문

1913 1월 14일 연작시 「스페인 3부작」 완성. 1월 말~2월 초 두이노의 「제6비가」 1~31행 완성. 가을 뮌헨에서 루와 함께 심리분석학 학술대회 참석. 지그문트 프로이트(1856~1939)를 비롯한 심리학자들을 만남. 늦가을 파리에서 「제3비가」 확대 완성. 「제6비가」 44~46행 작성. 연말 「밤에 부치는 시」 여섯 편 집필, 「제10비가」

완성

1914 1월「밤에 부치는 시」두 편 완성. 4월 20일~5월 4일 두이노 성 마지막 체류. 5월 12일 릴케가 번역한 앙드레 지드의『돌아온 탕아』가 인젤문고 143호로 출간. 6월 28일 사라예보에서 오스트리아-헝가리 황태자 부부 피살. 7월 29일 노르베르트 폰 헬링그라트에게 휠덜린 특집 간행에 대한 감사 편지 보냄. 8월 14일「다섯 개의 노래」라는 연작시에서 전쟁이 인간을 일상의 나태함으로부터 일깨우려는 전쟁신의 부활이라고 예찬. 그러나 실제로는 전쟁의 충격으로 유년 시절에 겪은 군사학교 생활의 악몽이 되살아나 신경성 위통이 심해지자 이자르강 부근 이르셴하우젠으로 요양을 떠남. 이곳에서 그의 초상화를 그린 화가 루 알베르트-라자르트를 만남

1915 5월 16일 군 면제 받음. 6월 14일 헤르타 쾨니히 부인의 빈집에 머물며 피카소의 그림〈곡예사 가족〉감상.「제5비가」에 묘사된 곡예사 가족의 모티프가 됨. 11월 22~23일「제4비가」완성. 11월 24일 징병 재검에서 무기 소지 국민군 적격 판정을 받고, 1916년 1월 4일 자로 '비배속 국민군'으로 북부 보헤미아 지역의 투르나우에 출두하라는 명령을 받음

1916 1월 4일 바움가르텐 소재 제1후방대 사수연대의 빈 병영으로 배속되어 바라크에서 근무하며 군사 훈련을 받음. 1월 27일 전쟁 기록 문서실에 배치되어 슈테판 츠바이크 등의 문필가들과 함께 근무했으나, 전쟁 소식을 영웅적으로 미화하는 '허구적 서비스'를 거부하고, 월급 명세서용 2밀리미터 간격의 줄 긋기만 함. 6월 9일 징용 해제

1917 4월 6일 미국이 독일에 선전 포고. 7월 18일 뮌헨을 떠나 베를린으로 이주. 11월 17일 로댕 별세. 12월 15일 동부 전선 휴전

1918 1월 8일 미국 윌슨 대통령 민족자결주의 원칙 선언. 5월 8일 뮌헨으로 이주, 화가 파울 클레의 이웃이 됨. 10월 27일 체코, 유고슬라비아, 헝가리 독립 선언. 11월 11일 카를 황제 퇴위. 스위스 정부로부

터 입국 사증을 받음. 12월 17일 빈 소재 저지 오스트리아 주 정부에 훈장 거절 공문서 보냄

1919   3월 5일 딸 루트와 바흐 콘서트 방문. 딸과의 마지막 만남. 6월 2일 루와 마지막 작별. 6월 6일 스위스 입국 허가받음. 6월 11일 뮌헨을 떠나 다시는 독일로 돌아오지 않음. 6월 19~23일 제네바에 머물며 화가 발라디네 클로소브스카 방문. 6월 25일~7월 24일 베른과 취리히에 머무름. 10월 5일 산문 「태초의 소음」이 『인젤쉬프』 창간호에 실림

1920   1월 21일 레오폴트 폰 슐뢰처에게 전쟁 중 라인강 지역에서 프랑스군이 저지른 악행을 비방하지 말라는 편지를 보냄. 6월 10일 탁시스 후작부인이 머물고 있는 베네치아로 떠남. 릴케가 번역한 스테판 말라르메의 「마드무아젤 말라르메의 부채」가 『인젤쉬프』 5월호에 실림. 7월 13일 베네치아를 떠나 제네바에서 발라디네 클로소브스카 부인을 만남. 10월 23일 파리 여행. 11월 12일 베르크 암 이르헬 저택으로 이사. 12월 17일 어머니 피아에게 「무릎 꿇은 자의 위대함」에 대한 편지 보냄

1921   1월 6일 제네바로 발라디네 클로소브스카 부인 병문안. 2월 17일 탁시스 후작부인에게 '삶과 창작'의 갈등에 관한 고뇌를 고백하는 편지 보냄. 3월 5일 전쟁 중 파리에 남겨 두고 온 소유물을 챙겨 준 앙드레 지드에게 감사의 편지를 보냄. 3월 8일 프랑스 군이 뒤셀도르프, 뒤스부르크, 루르 지역 점령. 3월 14~16일 폴 발레리 (1871~1945)의 시 「해변의 묘지」 번역. 4월 24~30일 산문 「유언」 작성(1975년 출간). 7월 26일 베르너 라인하르트가 전세 계약한 뮈조트 저택에 입주. 10월 31일 딸 루트와 카를 지버의 약혼을 아내 클라라와 공동 명의로 신문에 공지함. 11월 12일 분덜리 부인의 첫 뮈조트 방문

1922   1월 15일 일체의 신문 구독을 중단하고, 편지 쓰기와 외부 활동을 자제하기 시작. 2월 2~5일 『오르페우스에게 바치는 소네트』 「제

1부」25편 완성. 2월 11일 탁시스 후작부인에게 『두이노의 비가』 열 편의 완성을 알림. 루에게도 이 소식을 전함. 2월 12~15일 「젊은 노동자의 편지」 작성. 2월 14일 곡예사 모티프가 나오는 열한 번째 비가를 완성하여 「제5비가」로 바꿈. 2월 23일 『오르페우스에게 바치는 소네트』 「제2부」 29편 완성. 5월 18일 딸 루트 혼인. 7월 21~25일 키펜베르크 부부의 예방을 받고 『비가』와 『소네트』를 읽어 줌. 8월 17~18일 발라디네 클로소브스카와 베른, 베아텐베르크 여행. 12월 폴 발레리의 시편들을 번역함

1923 1월 11일 폴 발레리의 시 「라 피티」 번역. 2월 12~14일 폴 발레리의 시 「여명」 번역. 6월 17일 릴케의 시 「마리아의 일생」을 파울 힌데 미트가 소프라노와 피아노를 위한 곡으로 작곡하여 도나우에싱겐에서 초연됨. 8월 22일~9월 22일 쉰베크 요양원에서 요양. 11월 2일 릴케의 외손자 출생. 12월 28일 발몽 요양원 입원

1924 1월 20일 뮈조트로 돌아옴. 2월 초 프랑스어 시를 집중적으로 쓰기 시작함. 4월 6일 폴 발레리가 릴케를 만나기 위해 뮈조트로 옴. 4월 22일 쾨니히스베르크에서 심리치료사로 일하는 루에게서 릴케의 시가 환자들에게 놀라운 치유 효과를 보인다는 소식을 들음. 4월 25일 키펜베르크 부부의 마지막 방문. 5월 17~29일 남동생과 함께 뮈조트를 방문한 클라라와 6년 만에 재회. 6월 18~27일 분덜리 부인과 함께 자동차로 스위스 여행. 6월 28일~7월 23일 라가츠에 머무는 동안 탁시스 후작 내외를 만남. 7월 23일~8월 1일 분덜리 부인의 손님으로 마일렌에 머무름. 8월 2일 뮈조트로 돌아옴. 8월 초 ~9월 초 시 『발리의 4행시(Les Quatrains Valaisans)』 36편을 프랑스어로 씀. 9월 7~16일 리하르트 바이닝거(Richard Weininger)의 초청으로 로잔에 머물며 프랑스어 연작시 『장미꽃(Les Roses)』 24편을 씀. 11월 24일 발몽 요양원에 6주간 입원

1925 1월 7일~8월 18일까지 파리에 머물며 매일 발라디네 클로소브스카를 만남. 1월 16일 옛집에 두고 갔던 상자를 되찾음. 1월 29일 앙

드레 지드의 소개로 샤를 뒤 보스 만남. 2월 모리스 베츠의 『말테의 수기』 번역을 도움. 5월 1일 프랑스어 시 「과수원」 작성 완료. 5월 12일 프랑스 명예훈장 상신을 거절하는 편지를 폴 발레리에게 보냄. 7월 1일 『라 누벨 르뷔 프랑세즈』 31호에 릴케의 프랑스어 시 다섯 편이 게재됨. 7월 15일 『라 누벨 르뷔 프랑세즈』 8~9호에 릴케의 프랑스어 시 네 편이 게재됨. 9월 1일 스위스 시에르에서 베르너 라인하르트와 만남. 10월 1일 마일렌의 두 의사로부터 암이 아니라는 진단을 받음. 10월 14일 뮈조트로 돌아와 유서 작성. 자신에게 치매가 오더라도 사제의 도움을 받지 말 것, 언덕진 곳에 있는 라롱 교회 마당에 묻어 줄 것, "장미여, 오, 순수한 모순이여, 욕망이여,/ 그 모든 눈까풀 아래 그 누구의 잠도 아니려는"을 묘비명으로 써 줄 것 등을 요청하고, 모든 유물은 분덜리 부인에게 맡기며, 자신이 여러 사람과 교환한 편지의 출판권을 인젤 출판사에 위임한다고 유언함. 11월 5일 삼부 연작시 「오, 라크리모사」를 작곡가 에른스트 크레네크에게 보냄. 12월 4일 쉰 번째 생일을 홀로 뮈조트에서 보냄. 12월 20일 발몽 요양원 입원

1926 1월 2일 방 안에서 넘어져 심한 타박상을 입음. 1월 28일 후두염에 걸림. 3월 4일 프랑스어 시집 『과수원(*Vergers*)』 교정을 위하여 치료 중단. 4월 초~5월 24일 프랑스어 시 『창문(*Fenêtres*)』 열 편 완성. 6월 1일 발몽 요양원 퇴원. 6월 4일 폴 발레리의 시 「나르키소스 단장」 번역. 6월 9일 인젤 연감에 낼 작품을 부탁한 카타리나 키펜베르크에게 1925년 늦가을부터 틈틈이 쓴 글 모음 「포켓북과 메모지」를 보냄. 7월 8일 폴 발레리로부터 「나르키소스 단장」 번역에 대한 감사의 편지를 받음. 발레리는 『과수원』의 독특한 운율이 베를렌의 시와 닮았다는 인상을 전함. 7월 10일 앙드레 지드로부터 『과수원』의 고유한 매력을 칭찬하는 편지를 받음. 9월 9~10일 이집트 여인 니메트 엘루이 부인을 만남. 9월 13일 흉상 제작을 위해 토논에 온 발레리를 만남. 9월 25일 엘루이 부인 일행을 위한 장미꽃을

꺾다가 왼쪽 손가락을 깊이 찔림. 10월 27일 키펜베르크에게 자신의 발병 사실과 발레리의 작품 번역 완성을 알림. 11월 2일 베를린 예술원 원장에게 예술원 회원 임명을 사절하는 편지를 보냄. 11월 27일 참을 수 없는 고통으로 의사의 왕진을 받음. 11월 30일 발몽 요양원 도착. 12월 4일 마흔한 번째 생일을 맞아 분덜리 부인의 도움으로 "병이 위중함"을 알리는 카드를 인쇄하여 백여 명의 친지에게 보냄. 12월 13일 릴케의 주치의가 루에게 릴케의 백혈병 증세를 알림. 12월 15일 루돌프 카스너에게 "말할 수 없는 고통"을 알리는 마지막 편지 보냄. 12월 23일 분덜리 부인에게 의사 대신 자신의 임종을 도와 달라고 부탁함. 12월 29일 영면

1927 1월 2일 스위스 라롱의 교회 묘지에 묻힘

1931 어머니 피아 릴케 사망

1954 아내 클라라 릴케-베스트호프 사망

1972 딸 루트 지버-릴케 사망

새롭게 을유세계문학전집을 펴내며

을유문화사는 이미 지난 1959년부터 국내 최초로 세계문학전집을 출간한 바 있습니다. 이번에 을유세계문학전집을 완전히 새롭게 마련하게 된 것은 우리가 직면한 문화적 상황에 적극적으로 대응하기 위해서입니다. 새로운 을유세계문학전집은 세계문학의 역할이 그 어느 때보다 중요해졌다는 인식에서 출발했습니다. 오늘날 세계에서 타자에 대한 이해는 우리의 안전과 행복에 직결되고 있습니다. 세계문학은 지구상의 다양한 문화들이 평등하게 소통하고, 이질적인 구성원들이 평화롭게 공존할 수 있는 문화적인 힘을 길러 줍니다.

을유세계문학전집은 세계문학을 통해 우리가 이런 힘을 길러 나가야 한다는 믿음으로 만들어졌습니다. 지난 5년간 이를 준비하기 위해 많은 노력을 기울였습니다. 세계 각국의 다양한 삶의 방식과 문화적 성취가 살아 있는 작품들, 새로운 번역이 필요한 고전들과 새롭게 소개해야 할 우리 시대의 작품들을 선정했습니다. 우리나라 최고의 역자들이 이들 작품 속 한 문장 한 문장의 숨결을 생생히 전하기 위해 심혈을 기울였습니다. 또한 역자들은 단순히 번역만 한 것이 아니라 다른 작품의 번역을 꼼꼼히 검토해 주었습니다. 을유세계문학전집은 번역된 작품 하나하나가 정본(定本)으로 인정받고 대우받을 수 있도록 최선을 다했습니다. 세계문학이 여러 경계를 넘어 우리 사회 안에서 주어진 소임을 하게 되기를 바라며 을유세계문학전집을 내놓습니다.

을유세계문학전집 편집위원단(가나다 순)
김월회(서울대 중문과 교수)
김헌(서울대 인문학연구원 교수)
박종소(서울대 노문과 교수)
손영주(서울대 영문과 교수)
신정환(한국외대 스페인어통번역학과 교수)
정지용(성균관대 프랑스어문학과 교수)
최윤영(서울대 독문과 교수)

을유세계문학전집

을유세계문학전집은 계속 출간됩니다.

을유세계문학전집 연표

2005 | **우리 짜르의 사람들**
류드밀라 울리츠카야 ㅣ 박종소 옮김 ㅣ69ㅣ
국내 초역

2016 | **망자들**
크리스티안 크라흐트 ㅣ 김태환 옮김 ㅣ101ㅣ
국내 초역